AF140030

Maximilian P. Hirt wurde 1993 in Reutlingen geboren. Er liebte schon von klein auf das Erzählen von Geschichten und begann im Alter von siebzehn Jahren, erste längere Texte zu verfassen.

Heute studiert er an der Universität in Tübingen Internationale Literaturen und Skandinavistik.

Lienwoon ist sein erster veröffentlichter Roman.

M. P. Hirt

LIENWOON

Roman

Bibliografische Information der Deutschen Nationalbibliothek: Die
Deutsche Nationalbibliothek verzeichnet diese Publikation in der
Deutschen Nationalbibliografie; detaillierte bibliografische Daten sind
im Internet über www.dnb.de abrufbar.

© 2014 Maximilian P. Hirt

Umschlaggestaltung:
Maximilian P. Hirt

Korrektorat:
Claudia Heinen
Schreib- und Korrekturservice Heinen

Herstellung und Verlag:
BoD – Books on Demand, Norderstedt

ISBN 9783738606492

Für alle, die mich in meinem Schreiben unterstützt und sich immer Zeit genommen haben, wenn ich mal darüber reden musste.

Schreiben Sie!

Sein Daumen rutschte über das kleine Rädchen. Aus einem Funken entsprang die Flamme. Das zerfranste Ende seiner Zigarette fing an zu glühen und leuchtete kurz auf. Der junge Mann zog fest daran.

»Also, da weiß man gar nicht so recht, wo man anfangen soll. Am besten dort, wo ich selbst noch nicht wusste, was los ist. Ich denke mal, das macht es Ihnen leichter einzusteigen, oder?«

»Was soll die Zigarette?«

»Na, ich rauche.«

»Unübersehbar.«

Liam schlug ein Bein über das andere und sank weiter in den Sitz, die Zigarette dabei zwischen seine Lippen geklemmt.

»Jetzt bleiben Sie mal locker, Gilbert.«

Der ältere Herr beugte sich leicht nach vorne, strich sich seine wenigen Haare von der Stirn und flüsterte: »Wir sitzen hier in einem Zug.«

»Unübersehbar.«

Ein spöttisches Grinsen seitens Liam.

»Darf ich nun anfangen?«

Gilbert, der sichtlich über den Rauch des Glimmstängels verärgert war, fuchtelte mit der Hand umher und erwiderte erst einen kurzen Moment später die Frage des Jungen.

»Äh, mit was denn?«

»Na, ich soll doch erzählen.«

»Schreiben Sie es auf!«

Kräftig zog Liam an der immer kürzer werdenden Zigarette und streichelte seinen Hinterkopf.

»Ich und Schreiben? Ich dachte, Sie machen das. Ich dachte, ich erzähle Ihnen das hier jetzt einfach. So wie man das eben macht. So ein bisschen wie in einem Film.«

Gilbert schüttelte den Kopf.

»Sie schreiben es auf, ist am besten so.«

»Keine Klischees? Zigarette, Zug und der gemütliche Regen da draußen?«

»Keine Klischees! Die bringen einen nicht weiter«, kommentierte der alte Mann, riss ihm den Stummel aus der Hand und drückte ihn auf seinem Notizblock aus.

»Aber die Zigarette, Gilbert!«

Die alberne Bemerkung ignorierend, klopfte er mit seinen schwieligen Händen die Asche von der Oberfläche des Blockes und hielt diesen seinem jungen Gegenübersitzenden entgegen.

»Schenke ich Ihnen. Im Ernst, schreiben Sie! Das können Sie schon und das wird bestimmt gut. Ruhig blumig darf es sein.«

Liam nahm das Bündel aus Papieren, das durch einen spiralförmigen Draht zusammengehalten wurde, und fuhr leicht mit den Fingerkuppen über den Brandfleck, ehe er anschließend in einem undeutlichen Ton fragte: »Meinen Sie?«

»Ja! Würde mich freuen, wenn Sie mir nächste Woche mit ein paar Seiten den tristen Mittwoch versüßen könnten«, sagte Gilbert und stand unter sichtbaren Bemühungen auf.

»Was betrübt Sie denn so sehr, dass Sie von einem fremden Mann eine Geschichte erzählt bekommen wollen?«, stellte Liam die Frage, während sich der alte Herr seinen Mantel anzog.

»Nun, sagen wir es so; Sie würden mir wirklich eine Freude damit bereiten.«

Während er seine Worte sprach, beobachtete Liam, wie die Zunge des Alten hin und wieder über seine Lippen huschte. Es sah nicht albern aus oder ähnelte einer Schlange. Nein, vielmehr war es ein nervöses Zucken.

»Nun, ich hoffe, ich werde Ihren Ansprüchen gerecht!«

Der Zug hielt an. Quietschend öffnete sich die Türe. Ein paar Schritte ging Gilbert schon darauf zu, bevor er sich noch mal umdrehte und mit einem freudigen Lächeln, das dennoch etwas gekünstelt wirkte, antwortete: »Das hoffe ich auch! Bis Mittwoch!«

Noch ein letzter Schritt und er war draußen. Draußen, in der lauten Welt, deren Geräusche binnen weniger Sekunden durch das robuste Schließen der Türe wieder unterbrochen wurden.

Liam starrte hingegen nur ins Leere, blieb mit überschlagenen Beinen sitzen und hielt dabei einen Stift in der Hand, als sei er eine Zigarette.

Eine Art elterliche Behutsamkeit

Nachdenklich fuhr ich mit dem Finger über die glatte Oberfläche. Sie erreichten Einkerbungen, die sie mit ihren Kuppen leicht berührten. Die Gedanken brachten mich weit weg von der Realität. Still saß ich da und strich dabei immer wieder über den alten Lederkoffer. Dann ertönte ein Klingeln.

Ich benötigte eine Weile, bis ich realisierte, woher das Klingeln kam, und ging schlussendlich müden Schrittes zur Sprechanlage, die jeden der vielen Räume unseres Hauses schmückte.

»Schatz, kommst du bitte zum Essen?«, krächzte die Stimme meiner Mutter durch den Hörer.

»Mutter, ich bin gerade noch am Packen.«

»Aber ich habe dein Lieblingsessen gemacht. Ein lang geschmorter Braten.«

»Ich möchte aber … nun, ich komme gleich.«

Sie legte auf.

Ich öffnete meine Tür, ging den endlosen Flur entlang, der mit einem weichen Teppich belegt war und damit meine Schritte, wie die eines einsamen Geistes, fern von jedem hörbaren Geräusch entgegennahm.

Am großen Tisch saßen meine Eltern, ihr Blick regungslos auf das Essen gerichtet, die Hände auf der steinernen Platte ruhend. Sie wendeten ihren Blick auch nicht ab, als ich mich dazusetzte. Erst als ich die Serviette über den Schoß legte und meine Hände ebenso in die ruhige Position brachte, sprach mein Vater: »So, dann wollen wir mal beginnen.«

»Guten Appetit.«

Mein Vater, der durch die kleinen Gläser seiner Brille und dem immer frisierten Haar seine Müdigkeit versteckte, fing an zu seufzen: »Deine Mutter meinte eben, du packst schon.«

Ich brachte erst einmal kein Wort heraus. Das lag nicht an der Tatsache, dass ich ihm eine unangenehme Antwort zu übermitteln hatte, sondern dass der Braten in seiner Konsistenz ungenießbar war. Trocken und ohne Geschmack versuchte ich ihn mit dem Wasser, meine Speiseröhre hinuntergleiten zu lassen.

»Nun, ja. Ich werde morgen gehen.«

»Willst du immer noch nach Leinwood?«

Darauf zuckten die Augen meiner Mutter nervös zwischen meinem Vater und mir hin und her. Das Zucken ihrer Backen, die mit einer viel zu dicken Schicht Schminke bedeckt waren, sprang dabei über zu ihren langen blonden Haaren, die aufgeregt hin und her wippten.

»Es heißt Lienwoon und ja, ich werde dahingehen«, entgegnete ich den beiden und spürte bei jedem einzelnen Wort, wie müde ich mittlerweile war, es ihnen zu erklären.

Ohne den Blick auf mich zu richten, kaute er lange auf dem Fleisch herum und sagte anschließend: »Wieso möchtest du denn nicht nach Amerika?«

»Weil ich einfach eine normale Stadt besuchen möchte. Ich möchte nicht in einem Flugzeug in die Staaten fliegen und mich von einem Hotel zum nächsten bewegen.«

»Wir könnten dich in den Besten der Besten unterbringen.«

»Eben das ist es, was ich nicht will. Ich habe es so satt, immer in dieser Extravaganz zu leben.«

»Andere würden sich darüber freuen«, bemerkte meine Mutter zwischendurch.

»Ich aber nicht.«

Und dann war Ruhe. Still saßen wir da und aßen. Der Raum, in weißes Licht gehüllt und mit Marmorfliesen belegt, wirkte nun kälter als zuvor. Ich, der es nicht ertragen konnte, in ihrer Anwesenheit mit vollem Bewusstsein zu sein, verlor mich wieder in den Gedanken. Selbst als der Nachtisch kam, der einen ebenso vertrockneten Kuchen darstellte, schob ich nur still und routiniert eine Gabel nach der anderen in mich hinein. Mutter und Vater ignorierten mich. Sie unterhielten sich über allerlei Dinge und durch die Abschottung bekam ich nur hin und wieder starke Unebenheiten im Klang ihres Gespräches mit.

Die Müdigkeit wurde schwerer und drückte meinen Körper immer mehr auf den Tisch. Dagegen angekämpft, stand ich auf und machte mir in der Küche einen Kaffee. Mit einer dampfenden Tasse setzte ich mich dann wieder zu ihnen. Sie sprachen einfach weiter und ließen mich in meinem Schweigen alleine. Wenige Augenblicke später, während ich meine letzten Schlucke tätigte, warf ich noch mal einen eindringlichen Blick auf meine Eltern. Nix. Keine Reaktion ihrerseits. Angewidert von ihrer mangelenden Aufmerksamkeit richtete ich mich auf, schob den Stuhl an den Tisch und verließ das Esszimmer.

Das letzte Mahl und das für eine sehr lange Zeit – vielleicht sogar für immer.

Die Sehnsucht nach frischer Luft

Ein starker Ruck und die beiden Holztüren bewegten sich unter der Trägheit ihrer Masse in die jeweils entgegengesetzte Richtung. Der Geruch von mangelnder Änderung drang in meine Nase. Kritisch betrachtete ich das Innere des Kleiderschrankes. Jahrelang hingen sie dort schon. Ich wechselte selten meine Klamotten. Mir gefiel die Eintönigkeit. Generell machte ich mir nicht viel aus Mode. Dabei lächelte ich für einen kurzen Moment.

Manchmal konnte ich nicht anders, als mich über meine eigene Denkweise zu amüsieren. Jahrelang trug ich diese Sachen. Jahrelang war es mir gleich, ob sie besonders toll aussahen oder teuren Marken angehörten. Und trotz dieser unkomplizierten Herangehensweise war ich nie in der Lage, mich warm genug anzuziehen. Mit Daunen gefüllte Jacken hatte ich. Aber nie dann, wenn der Schnee durch die Luft wehte, der Wind pfiff oder ein kalter Tropfen nach dem anderen vom Himmel herabfiel.

Unter diesem Vorwand packte ich nur wenige Shirts, Hosen und dergleichen ein. Obendrauf kam die Daunenjacke, die mich vor der Kälte des Nordens schützen sollte.

»Du solltest etwas Warmes mitnehmen«, sprach eine Stimme, die ich hinter mir wahrnahm.

In der Tür stand Wilma, unsere Haushälterin, die mehr als jeder von der Familie in diesem Haus anwesend war.

»Danke, bin schon dabei.«

»Wo ist das genau, dieses Lienwoon?«

»Oben an der Nordsee«, erklärte ich und lief dabei zwischen dem Schrank und meinem Bett, auf dem der Koffer lag, hin und her.

Die meiste Zeit über verstanden wir uns gut. Sie unterlag der strengen Gehorsamkeit meiner Eltern und machte eine gute Arbeit. Doch trotzdem wirkte sie immer froh und zufrieden und machte jederzeit ein freundliches Gesicht, das von ihren langen blonden Haaren des Öfteren bedeckt war.

»Es wird ruhig hier im Haus, wenn du nicht mehr da bist«, sagte sie und ging ein paar Schritte weiter in mein Zimmer.

»Nun, ich muss hier raus. Aber nett, dass du mich vermissen wirst.«

Meine Ablenkung war deutlich spürbar.

Dessen ungeachtet sprach sie weiter: »Meldest du dich dann auch ab und zu?«

»Nein, ich fürchte nicht.«

»Oh, verstehe«, murmelte sie.

Seit zwei Jahren war sie ständig hier. So hatte sie das kritische Verhältnis zu meinen Eltern durchaus bemerkt und stellte glücklicherweise diesbezüglich keine Fragen mehr.

»Ein schönes Hemd hast du da.«

Sie deutete auf das blaue Hemd, das ich gerade dabei

war zu falten, um es einigermaßen ohne Knitter einzupacken.

»Lass mich dir helfen«, sagte sie dann und drängte sich mir auf.

»Nein, das geht schon.«

»Komm schon, ich helf dir.«

Während sie ihr letztes Wort sprach, fuhren ihre großen warmen Hände über meine Arme, bis sie meine Fingerspitzen erreichten.

»Wir hatten doch darüber gesprochen«, bemerkte ich und entwich dem Annäherungsversuch.

Sie war fünfunddreißig und damit fünfzehn Jahre älter als ich, sah aber bei Weitem jünger aus. Seit sie hier eingezogen war, war es von Anfang an ein Spiel des Entrinnens. Das Entrinnen ihrer Begierde. Wieso auch immer, aber ihre Blicke hatten schon bei unserem ersten Aufeinandertreffen den Charakter eines Jägers, der seine nächste Beute beobachtete. Doch behielt ich zumeist die Kontrolle über die Situation.

So ging sie enttäuscht, wie eh und je, aus dem Raum, hielt an der Tür dennoch noch mal an und drehte sich um.

»Mach's gut, Kleiner.«

»Du auch«, sprach ich in leisen Worten und beobachtete anschließend, wie sie nach rechts abbog und im dunklen Gewand des Flures verschwand.

Nachdem ich fertig gepackt hatte, setzte ich mich aufs Bett und ließ mir alles durch den Kopf gehen. Ich spürte sämtliche Gefühle in mir aufkommen. Freude, Sehnsucht, Stolz, aber auch Trauer und Angst. Taubheit machte sich breit. Ich saß einfach nur da, ließ die Emotionen auf mich einprasseln und die Ruhe vor dem Sturm auf mich wirken.

Die Nacht dominierte längst und ich öffnete ein Fenster. Frische, kühle Luft, die ohne Weiteres durch die Atemwege in meine Lunge strömte, entfernte alle Gefühle bis auf eines.

Meine Augen richteten sich auf die Sterne, die dank des großen Streulichts der Stadt nur schwach schimmerten, während die Sehnsucht meinen Geist erfüllte.

Schönheit hängt von ihrem Betrachter ab

Eine feuchte Schicht tat sich auf. Alles dahinter verschwamm und die Landschaft wurde im Einklang mit der vorbeiziehenden Bewegung ein einzig grauer Farbton.

Liam legte die Zigarette in seinen Mund und schob sie mit den Lippen in die linke Ecke seines Grinsens, als sie von Gilbert herausgezogen und mit der bloßen Hand zerkleinert wurde.

»Die schöne Zigarette, Gilbert!«

»Schönheit hängt von ihrem Betrachter ab. Einen guten Morgen, Liam!«

Ein tiefer Seufzer kam von dem jungen Mann gefolgt von einem Husten Gilberts, der in den Sitz gegenüber rutschte. Die beiden sagten zunächst nichts und wandten ihre Gesichter voneinander ab. Jeder wusste, worauf der andere hinauswollte, trotzdem dominierte das Schweigen und das Getuschel der wenigen Leute um sie herum bildete die Geräuschkulisse.

Fast keiner fuhr mit diesem Zug. Diese Strecke war unnötig in die Länge gezogen. Über eine Stunde dauerte die Fahrt, die man mit der früheren Verbindung schon in der

Hälfte der Zeit überqueren konnte.

»Ich kann jetzt nicht anders, als Sie einfach zu fragen!«, sprach Gilbert und rieb sich nervös die Hände.

»Na gut, fragen Sie mich einfach.«

»Tun Sie nicht so geheimnisvoll. Haben Sie etwas geschrieben?«

Liam, der auf die Frage vorbereitet zu sein schien, zog mit einer Handbewegung ein paar beschriebene Seiten hervor, die von dem alten Mann sofort entgegengenommen wurden.

Die Augen auf die Wörter und Sätze gerichtet, schien Gilbert nicht mehr anwesend. Liam hingegen schaute um sich und zündete eine Zigarette an. Auch nach dem dritten Zug und dem darauffolgenden Aufleuchten des Glimmstängels kam keine Reaktion von dem Gegenübersitzenden. Das hatte schon etwas Einzigartiges an sich. Und auch als Liam aufstand und das Abteil auf und ab lief, wurde er mit keiner einzigen Reaktion Gilberts beschenkt.

Dieses stumme Spiel beendeten folgende Worte, welche der Alte vorlas: »… während die Sehnsucht meinen Geist erfüllte.«

»Gut, Sie sind am Ende«, sagte Liam und setzte sich wieder hin, die Zigarette schnell in den Mülleimer gestopft.

»Das ist gut! Schwierig haben Sie es zu Hause«, bemerkte Gilbert und warf abwechselnd einen Blick auf ihn und die Seiten.

Der Junge versuchte darauf zu antworten, indem er sagte: »So sind nun mal meine Eltern.«

»Es sind nicht unbedingt Ihre Eltern. Ich meine, warum?

Warum Lienwoon? Sie hätten die Staaten haben können!«

Kalt und ohne zu zwinkern, lugte Liam durch seine dunklen Haare, welche ihm im Gesicht hingen, auf den Boden und murmelte: »Lienwoon … zunächst war da das Streben nach Normalität. Aber ich will gar nicht groß darauf eingehen. Es macht keinen Sinn, in der Geschichte vorzugreifen.«

»Dann schreiben Sie weiter!«

»Das werde ich wahrscheinlich nicht tun.«

Gilbert war mit einem Gesichtsausdruck geschmückt, der sowohl Verwirrung als auch ein Funken Ärgernis widerspiegelte, als er sagte: »Wieso nicht!? Das ist gut! Sehr gut sogar! Bitte machen Sie weiter. Sie können doch nicht aufhören. Jetzt haben Sie mich schon neugierig gemacht. Ich möchte mehr erfahren. Ich möchte endlich Lienwoon kennenlernen. Die Nordsee ist toll, sicherlich eine schöne Stadt.«

»Glauben Sie mir, das wollen Sie nicht …«

»Bitte, mein Junge! Ich weiß, aller Anfang ist schwer!«

Gepaart mit einem großen Seufzer gab Liam seinen kleinen Widerstand wieder auf: »Ich versuche es, o. k.?«

Von der aufdringlichen Art des alten Mannes überfordert, wandte er sich ab und krempelte sein Hemd nach vorne, wischte über die feuchte Scheibe des Zuges und befreite die Sicht auf das triste Erscheinungsbild des Herbstes.

»Ein schöner Anblick, nicht wahr?«, sprach Gilbert und verzierte sein Gesicht mit einem Lächeln, das von innen kam und gar schon eine Zumutung war.

»Schönheit hängt von ihrem Betrachter ab.«

Falsche Füllung der Leere

Ich drehte mich zur Seite. Meine Arme spürten etwas Kaltes, Glattes, aber zugleich auch viele kleine Unebenheiten. Ich öffnete meine Augen. Im Dunkeln nur schwach zu erkennen, fiel mir auf, dass ich mich an die Wand gedrückt hatte und meine Tapete berührte.

Mein Bett stand in der hintersten Ecke meines Zimmers. Der Raum war weitläufig und in der Mitte standen nur ein paar Sofas, die eine Sitzgelegenheit darstellen sollten, aber vorwiegend nur von mir als Platz zum mittäglichen Schlaf genutzt wurden. Ich neigte meinen Kopf zu meiner Linken und lauschte dem Rauschen, das durch die Reibung an meinem Kissen entstand. Ich spähte durch die Leere über die andere Hälfte meines Bettes, an dem Sofa vorbei in Richtung Schreibtisch. Dieser stand am anderen Ende des Zimmers. Der Computer lief noch, ich hatte zuvor noch alle Nachrichten überprüft. Dann zwang mich mein Harndrang aufzustehen.

Nur in Unterwäsche und einem T-Shirt bekleidet lief ich nach draußen und tapste im Dunkeln über den weichen Teppichboden des Flurs. Das Zimmer von Wilma war noch einen Türspalt weit offen und setzte einen dünnen, langen Fächer an Licht frei, der sich durch die Dunkelheit des Ganges bohrte. Meine Schritte wurden langsamer und ich hoffte darauf, dass ich unbemerkt vorbeikäme.

»Liam, bist du das?«, hörte ich sie flüstern.

Erstarrt wie ein Reh, das im Scheinwerferlicht eines heranfahrenden Autos seinem Verderben entgegenblickt, blieb ich im Schein des Türspaltes stehen.

»Ich weiß, dass du es bist!«

Ich reagierte nicht.

»Komm schon! Ich will dich was fragen.«

Mir war klar, dass ich nicht davonkam. Selbst wenn ich weiterlaufen würde, käme sie hinterher. Sie war so aufdringlich, das wusste ich.

Langsam öffnete ich die Tür und erblickte sie in ihrem Bett, die Decke bis an die Kinnspitze gezogen.

»Guten Abend!«, flüsterte ich.

»Schreibst du mir eine Postkarte?«

»Ich soll was?«

»Na, eine Postkarte schreiben? Oder ist dir das zu viel, weil du schon so vielen anderen schreiben musst?«

»Sehr witzig.«

»Nee, mal im Ernst, was ist mit deinem Lehrer, Herr Lander? Ich glaube, der mochte dich.«

Ich lief ein paar Schritte weiter in den Raum und lehnte mich an den Pfosten des Bettes.

»Lander? Der wäre aber auch der Einzige.«

»Aber mir schreibst du eine, o. k.?«

»Ich gehe nicht in den Urlaub, Wilma.«

»Trotzdem.«

»Ich gehe von hier weg, da ich hier weg muss und nicht weil … «, ich stoppte.

Wilma zog langsam ihre Decke nach unten und legte eine ihrer Brüste frei, ihre blasse Haut im Licht der Nachttischlampe glänzend.

Ich stöhnte und fuhr mir durchs Haar, dabei drehte ich mich ein wenig nach rechts und wieder nach links.

»Was soll das?«

»Mir ist warm, dir etwa nicht? Deine Eltern drehen immer so früh die Heizung auf. Es ist gerade mal Oktober.«

»Noch ein Grund in den Norden zu verschwinden.«

Ich wurde langsam nervös. Die Hitze stieg tatsächlich in mir auf und mein Herz pochte wie verrückt. Sie starrte mich unbewegt an und ich gab mir alle Mühe, nicht zurückzublicken.

»Ich gehe jetzt ins Bett«, sagte ich dann.

Sie zog die komplette Decke mit einem Schwung beiseite und legte ihre kompletten nackten Körper frei. Nur noch Socken trug sie.

»Willst du wirklich schon gehen?«

Ich lief vorsichtig wenige Schritte rückwärts und griff blind zum Türgriff, doch meine Hände erfassten nichts.

»Komm her. Sie wurden schon so lange nicht mehr angefasst.«

»Wilma … lass das! Bitte!«

Ihre Finger strichen langsam entlang ihres Bauches und fuhren durch ihren Schoß.

»Ich bin jetzt weg. Ganz weg. Ich wünsch dir was«, sagte ich trocken und drehte mich um. Mir fiel auf, dass ich in die komplett falsche Richtung gelaufen war und in der anderen Ecke des Zimmers stand. Ohne auch nur einen einzigen Blick auf sie zu werfen, stampfte ich nach draußen und hörte sie nur noch flüstern: »Mach's gut! Mein Liam!«

Durch die Leere des Flurs eilte ich wieder zurück in mein Zimmer, anfangs noch mein Schatten vor mir, der durch das durchdringende Licht von Wilmas Zimmer gebildet wurde.

Die täuschende Sicht der Ferne

Binnen weniger Sekunden saugte sich das Papiertaschentuch voll, als meine Mutter es über die einzelnen morschen Balken der Bank bewegte und diese nun den Anschein machte, trocken zu sein. Der unendliche Herbstregen, der aus dem dunklen Himmel, wie aus dem Nichts, zu kommen schien, machte aus jeder einzelnen Unebenheit des Bodens eine Pfütze und das grelle Neonlicht des Bahnhofs, das einige Meter entfernt war, bedeckte diese mit einer leuchtenden Schicht und erweckte den Anschein, als wäre das Wasser von unten beleuchtet.

»So, mein Schatz, es ist trocken. Du kannst dich setzen.«

»Nein, Mutter, ist schon o. k. Du hast es getrocknet, setze du dich«, betonte ich und machte mit meiner Handbewegung meine Absichten deutlich.

Etwas unbeholfen lief sie im Kreis, als wäre sie eine Katze, die sich ihren Schlafplatz zurechtmacht, ehe sie sich auf die Holzkonstruktion setzte und anschließend mit ihren Beinen hin und her wackelte, indem sie ihre Knie hektisch aneinanderstieß.

Mein Vater sagte darauf: »Dort drüben ist eine Toilette.«

»Ich muss nicht. Und hier erst recht nicht.«

Beobachtete man meine Eltern aus der Ferne, wäre man der Vermutung nahe kommen, sie wären lange Zeit nicht mehr an einem Bahnhof gewesen. Bei genauerer Betrachtung hätte sogar der Verdacht aufkommen können, sie seien noch *nie* an einem Ort dergleichen gewesen.

Auch mein Vater, der sich nicht von der Stelle bewegte und sich mit seiner wenigen Quadratzentimeter große Fläche, auf der er stand, zufriedengab, schien sichtlich unwohl mit der Umgebung.

Zwar war mir dieser Mann fremd, dennoch fühlte ich mit ihm. Ob ich es wollte oder nicht. Ich fand es nicht gerade angenehm, mit meinen Eltern zusammen auf den Zug zu warten, der mich endlich von ihnen wegbringen würde. So lief ich ungeduldig auf und ab und machte jeweils immer einen großen Schritt, um nicht meine Schuhe im grauen Wasser des unebenen Asphalts zu baden.

Hätte man uns von der Ferne beobachtet, wäre sicherlich der Verdacht aufgekommen, wir drei seien eine Familie. Das konnten wir schon immer gut. Die nette Familie spielen und einen Schein erzwingen. Die Stange, bestückt mit unserem Wappen des Zusammenhalts in die Höhe geragt, gleichwohl mit zitternden Armen und falscher Motivation.

Laute Geräusche und kalter Wind beherrschten das Gleis, als der Zug einfuhr und langsam zum Stehen kam. Ich wartete keine weitere Sekunde und setzte mich in Bewegung.

»Also, ich geh dann jetzt rein«, sagte ich mit leiser Stimme und nahm dabei mit einer Hand den kleinen Koffer, in dem mein wichtigstes Hab und Gut enthalten war.

Meine Mutter spielte die Figur der Trauer, mein Vater hingegen sagte wieder nur mit besorgter Miene: »Willst du nicht lieber fliegen? Da bist du gleich da!«

Ohne auf die Bemerkung einzugehen, sagte ich einfach trocken: »Tschüss Vater. Tschüss Mutter.«

Zwei große Schritte und die Sohlen meines Schuhs berührten den Boden des Zuges. Die Türe schloss sich. Meine Eltern nun, dank des schmutzigen und verkratzten Fensters, nur als verschwommenes Bild erkennbar. Ich winkte ihnen kurz und ließ sie stehen. Einsam und allein mit ihrer perfekten Fassade, die noch mehr Risse hatte als das Polster meines Sitzes, auf dem ich mich anschließend niederließ.

Tief atmete ich durch. Das Brummen des Zuges minderte meinen Puls und entspannte mich. Der Abend war noch jung. Die Fahrt noch lang. Mehrere Stunden würde ich nun auf diesem rissigen Polster sitzen, mehrere Stunden würden Leute das Abteil betreten und verlassen, mehrere Stunden würde ich glücklich sein wie noch nie zuvor.

Und dennoch dauerte es nur wenige Sekunden, bis das Erscheinungsbild meiner Erzeuger ganz klein und unkenntlich wurde und dies schier eine Verharmlosung mit sich zog.

Prozess des Vertrauens

Er schlug ein Bein über das andere und wippte nervös hin und her. Liam versuchte den Druck seiner Blase durch einen Gegendruck zu mindern. Gegenüber saß Gilbert und wechselte seinen Blick von der verschwommenen Landschaft, die er mittlerweile schon gut kannte, zu seinem zappeligen Sitznachbarn.

»Gehen Sie schon.«

»Wirklich?«

»Ja wirklich. Ich passe auch auf Ihre Sachen auf. Keine Sorge. Ich werde nichts klauen.«

Liam hielt kurz inne, entschied sich aber dann doch, sein Hab und Gut liegen zu lassen, aufzuspringen und die Toilette aufzusuchen. Als er sich anschließend wieder gegenüber von Gilbert zufrieden niederließ, lächelten sich die beiden nur kurz an.

»Ich hab etwas für Sie.«

»Ja? Wirklich?«

»Aber ich muss wissen, ob ich Ihnen vertrauen kann. Das sind sehr private Dinge, die ich hier niedergeschrieben habe.«

Der alte Mann beugte sich nach vorne und streckte seine mit Adern übersäte Hand aus.

»Das können Sie. Das bleibt unter uns. Versprochen.«

»O. k.«, flüsterte Liam, überreichte ihm die Seiten und ließ ihn lesen.

Wieder etwas irritiert, dass ihm der Alte nun keine Aufmerksamkeit schenkte, formte er auf der leicht beschlagenen Scheibe diverse Figuren – nichts Definierbares.

Er zuckte etwas zusammen, als Gilbert zu ihm sprach: »Wie lange geht das mit Wilma schon, wenn ich fragen darf?«

Liam seufzte.

»Puh, seit sie bei uns eingezogen war. Ich war im letzten Jahr meiner Schulbildung. Ich wurde zu Hause unterrichtet, müssen Sie wissen.«

»Bestimmt eine interessante Erfahrung!«

»Ich kann leider nicht vergleichen. Ein paar mehr Schüler und weniger meine Eltern hätten sicherlich nicht geschadet«, kommentierte der Junge und lachte etwas verkrampft.

»Nun … ich weiß nicht, warum ich Ihnen das jetzt erzähle. Wieso ich Sie das überhaupt habe lesen lassen. Ich meine, das ist eigentlich privat.«

»Wie Sie wollen, mein Junge. Doch glauben Sie mir, ich bin ein Buch, in das Sie reinschreiben können, und keiner wird darin lesen.«

»Ich weiß nicht.«

»Was wollen Sie, Liam? Sie haben mich das schon lesen lassen. Was soll denn passieren? Ich bin nur ein alter Mann, der Geschichten hören will und nicht scharf darauf ist, andere Leute in Schwierigkeiten zu bringen. Würde mir ja selber schaden, wenn Sie verstehen, was ich meine.«

»Allerdings. Nun gut. Also Wilma, sie machte andauernd solche Sachen. Sie ließ absichtlich die Badezimmertür offen und behauptete, sie hätte vergessen, sie zu schließen. Und das machte sie sehr oft.«

Liam führte die Hand in seine Hosentasche und umgriff das Feuerzeug. Er wusste, dass Gilbert nicht wollte, dass er rauchte.

»Kurz nach meiner Abschlussprüfung, es war ein Abend, wo meine Eltern nicht da waren. Da … verführte sie mich. Ich … ich wollte das eigentlich gar nicht. Sie macht … sie macht mich einfach nicht an, verstehen Sie?«

Gilbert versuchte sein Lachen zu unterdrücken und grinste deshalb nur und nickte dabei.

»Und Sie haben es doch getan?«

Der Junge antwortete nur mit einem dumpfen »Ja«.

»Ist doch nicht schlimm. Sie sind jung und neugierig.«

»Das sage ich mir auch immer … aber trotzdem bereue ich es, wie kaum etwas anderes. Am schlimmsten ist aber immer, wie sehr meine Eltern Wilma in Schutz nehmen.«

»Sie haben mit Ihren Eltern darüber gesprochen?«

»Na ja, zumindest versucht. Was anderes geht bei diesen Menschen auch nicht.

Ich hoffe, Sie können nachvollziehen, wieso ich von zu Hause wegwollte?«

Darauf bemerkte Gilbert: »Zumindest verstehe ich unter Harmonie etwas anderes.«

Danach trat eine kurze Stille ein und die beiden schwiegen sich nur noch an. Als der Zug anhielt, legte Gilbert ihm die Hand auf das Knie.

»Vielen Dank, dass Sie so ehrlich waren! Das bedeutet mir sehr viel. Wenn Sie noch was auf dem Herzen haben ... Sie können mir vertrauen! Ansonsten schreiben Sie weiter. Es scheint doch zu gehen.«

Dann stand er auf und zog seine Jacke an. Liam sah derweil zu ihm herauf und flüsterte: »Danke.«

Die verschiedenen Gesichter der Freude

Das Schwarz, das so dunkel war, sodass man dessen Bewegung nicht erkannte, auch wenn es in über hundert Kilometer pro Stunde an mir vorbeizog, ließ mich alleine in meinen Gedanken und schottete mich von allem ab.

Wegen der vielen Abzweigungen in meinem Kopf war eine Sache nicht richtig klar und dennoch immanent. Ich war glücklich. Noch nie lag eine Zeit, ein Leben in naher Zukunft vor mir, das diesem Anspruch des Glücks genügt hätte. Zwanzig Jahre lang war ich tagtäglich mit meinen Eltern zusammen gewesen und fügte mich, wenn auch ab und an nicht ganz mit einer so starken Abscheu, wie ich es mir eingestehen möchte, ihrem Lebensstil. Ihrem dekadenten und unechten Leben. Voller Geld und falscher Freude.

Nach einer Weile des tranceartigen Zustandes erfasste ich meinen alten Lederkoffer und öffnete vorsichtig eine Schnalle nach der anderen. Auf all meinen Sachen, meinen Klamotten und Büchern lag ein Geschenk, es thronte regelrecht in seinem knallroten Papier. Darin gehüllt glänzte es und lud dazu ein, die äußere Schicht mit nur einer starken Bewegung zu entfernen.

Ich legte es auf meinen Schoß und setzte zum einmaligen Riss an, als die Tür des Abteils aufsprang und ein Junge mit seiner Mutter im Schlepptau hereinkam und sich direkt gegenüber auf das Polster fallen ließ, sodass der Staub aus allen Rissen befreit in kleinen Wolken nach außen strömte. Meiner raschen Schätzung zu urteilen nach musste er zehn Jahre alt gewesen sein. Er machte einen nervösen Eindruck und wackelte hin und her. Vielleicht tat er es auch nicht, ich weiß es nicht. Genau schaute ich nämlich nicht hin. Da aber fast jeder in diesem Alter das ruhige Verhalten noch nicht in voller Hinsicht erlernt hat, ging ich unbewusst davon aus. Denn meine Aufmerksamkeit war, wenn auch nicht freiwillig, dem roten, rechteckigen Paket gewidmet, das immer noch darauf wartete, die Farbe zu wechseln. Eigentlich wollte ich es gar nicht aufmachen. Dies konnte schließlich nur ein Präsent meiner Eltern sein. An die wollte ich keine weiteren Gedanken mehr verwenden, egal wie gut sie es auf ihre Art damit meinten.

Nachdem aber auch der kleine Junge einen diesmal neugierigen Blick auf das rote Ding warf, entfernte ich das Geschenkpapier, knüllte es mit einer Hand zusammen und stopfte es in meine Jackentasche. Der Junge zappelte auf einmal umso mehr und erlangte die Aufmerksamkeit seiner Mutter, die darauf nur mit ihrer Hand fest an seinen Oberschenkel gedrückt ihn ruhigstellte. Ich hingegen schaute verkrampft auf das nun weiße Paket und stellte fest, dass mir meine Eltern ein neues Handy geschenkt hatten.

Ich machte mir nicht viel aus solch materiellen Gegenständen, dessen einzige Funktion es war, nach außen hin zu präsentieren, welchen finanziellen Status man genoss. Zumindest in der Welt, aus der ich kam.

Da ich aber mein Koffer nur gegriffen hatte, um das darin liegende Buch zu nehmen und bei Weitem keine Lust hatte, mich mit der Technik auseinanderzusetzen, legte ich es beiseite.

Beim Aufschlagen des Buches öffnete sich die laute Abteilungstür und ein Mann mit Stift in der Hand betrat den kleinen Raum. Der Junge griff nach der Karte, um sie dem Mann zu überreichen, bevor diese aber von der Mutter aus seinen kleinen Händen gerissen wurde, und sie die Aufgabe selbst übernahm. Mit verschränkten Armen drehte sich der Kleine von ihr weg.

Als der Mann verschwand, versuchte ich mich meinem Buch zu widmen, eine Ansammlung diverser Kurzgeschichten von *Daphne du Maurier*. Dennoch störte mich die neugierige Präsenz des Jungen, der nun sogar schon direkt vor mir stand. Einer Affekthandlung gleich, überreichte ich ihm das Handy und strich dabei über seine zittrige Hand. Sein Glück kaum fassend schlug er unkontrolliert gegen das Bein seiner Mutter, die ein paar Sekunden verstreichen ließ, ehe sie realisierte, was eben passiert war, ihm dann hektisch das Handy aus der Hand riss und mir es vor die Nase hielt.

Ich schüttelte nur den Kopf und schob langsam ihren Arm in die Richtung ihres eigen Fleisch und Bluts, wovon seine Augen mit jedem Zentimeter dessen sie sich näherte, größer und größer wurden. Eine kleine Träne erkämpfte sich ihren Weg durch die Wimpern, als er sein neues Besitztum in den Händen hielt und fest an seine Brust drückte. Die noch recht junge Frau schien überfordert und wechselte ihre Gesichtszüge von mürrisch dreinblickend bis hin zu einem dankbaren Grinsen, das ich für mich in meinem Gedächtnis abspeicherte und ab dann meinen Kopf mit dem roten Umschlag meiner aktuellen Lektüre verdeckte und mich wieder abschottete. Um mich herum nur noch das eigens erzeugte Schwarz der Dunkelheit.

Schönheit zwischen den Welten

Ich blickte in das Schwarz. Regentropfen zogen lange Schlieren und zeigten auf detailreiche Art, wie eine zweite Welt da draußen aussehen könnte. Eine Welt, die uns normalen blinden Menschen nicht ersichtlich wird und verschlossen bleibt. Allein die Fantasie erlaubt es uns, wenn auch nur mit einem winzigen Ausschnitt, wie die Sicht durch ein Schlüsselloch, eine Ahnung davon zu erlangen, wie es womöglich sein könnte – welche Schönheit womöglich sich darin verbergen könnte.

Das aber auch unsere Welt, so eintönig sie auch scheint, wahre Schönheit hervorbringen vermag, zeigte mir ein Mädchen, das unbemerkt meine neue Abteilnachbarin wurde und mir mit einem feinen Lächeln gegenübersaß.

Ihr rotes Haar wellte sich über ihre Brüste entlang und verlor sich in der Kuhle des Bauches. Direkt auf ihrem Haupt hingen ein paar Wassertröpfchen im Haar, die trotz ihrer natürlichen Instabilität nicht an Form verloren hatten und welche mit den großen Augen einen Dialog des Glanzes hervorriefen.

Geblendet von ihrem Antlitz verhielt ich mich ganz ruhig. Blicke und darauf erzeugte Gedanken waren das Einzige, das die Aufmerksamkeit meinerseits bezüglich ihrer Gegenwart bildete.

Schier zeitgleich griff ich nach meinem Buch und presste verkrampft, aber stabilisierend meine Hände gegen den roten Einband, als sie aus ihrer engen Hose ein Handy herausholte, das nichts weniger als das Vorgängermodell meines ehemaligen Geschenkes war.

Der Farbton ihres Handys war ein deutlich dunkleres Rot, als ihre Haare mit einer leuchtenden Kraft aus jeder einzelnen abgestorbenen Zelle nach außen hin darboten und schier identisch mit dem meines Buchumschlages. Ich wusste nicht, ob sie das bemerkte, aber nachdem es mir auffiel, kam ich nicht drumherum, als ein unterdrücktes Grinsen über meine Backen huschen zu lassen.

Sie tippte, mich jederzeit ignorierend, auf ihrem Handy, legte es aber schon nach kürzester Zeit beiseite und guckte verloren nach draußen.

Den Mut zusammengefasst schielte ich kurz unter meinem Buch hervor und erhaschte das intensive Bild der Schönheit. Diesmal aber waren ihre Augen ebenso auf mich gerichtet und die Blicke trafen sich. Schnell verkroch ich mich wieder hinter dem Buch.

Jedes einzelne Wort auf der, von der Zeit schon vergilbten Seite, las ich drei bis vier Mal, um mir dessen Bedeutung zu verinnerlichen. Obwohl ich dieses Buch bereits gelesen hatte, fiel es mir schwer, die darauf gerichtete Aufmerksamkeit zu halten, und ich setzte keinen einzigen Schritt mehr in die zwischen zwei Pappdeckeln geklemmte

Welt, deren Spannung mit der Realen nicht mehr mithalten konnte.

Dann beugte sie sich nach vorne und führte ihre Hände zu ihren Schuhen. Nur schwer hinter dem breiten Buch zu begutachten, schien es mir, als würde sie ihre Schuhe ausziehen. Um eine volle Ansicht zu erlangen, richtete ich mich kurz auf und korrigierte meine Position, indem ich auf dem Polster hin und her rutschte. Dabei legte ich mein Buch zur Seite. Meine Augen erfassten ihre Füße. Langsam und behutsam zog sie am Zipfel des feinen schwarzen Stoffs ihrer Socken und befreite ihre Füße von der Ummantelung. Freigelegt, spreizte sie ihre Zehen. Ihr Fuß war wunderschön und wirkte in seiner Ästhetik wie gemalt. Ihre Nägel, bedeckt mit einem intensiven Rot, bildeten einen feinen Kontrast zu ihrer sonst blassen Haut. Sie massierte sich die Ballen. Ich hingegen hielt meinen heuchlerischen Ausdruck bei, als schien mich dies nicht zu beeindrucken.

Auch wenn sie mich, so viel ich erahnen konnte, keines Blickes würdigte, war ihre Anwesenheit gekoppelt mit einer Wirkung, welche alles im Abteil für sich nahm. So sehr ich versuchte in heimlicher Manier diese zu erfassen, Ich schaffte es nicht und gab auf.

Nur noch die sinnvoll angeordneten Wörter als Schriftbild erkennbar, gab ich mich ihr hin. Ihren roten Haaren, ihren blassen Füßen und ihren Wassertröpfchen, die bis auf wenige verschwunden waren und nun wahrscheinlich sich auf den Weg machten, in die Welt der Schlieren zu wandern, deren Schönheit all die Zeit ein Begleiter dieser Situation gewesen war.

Lieber eine Blume als gar ein dürrer Ast!

Erstaunlich dunkel war es diesmal im Zug. Das Licht ge-dämpfter als sonst hatte kaum die Kraft, das gesamte Abteil zu erleuchten, und Gilbert wurde zunehmend müde. Dösig und mit nur halb geöffneten Augen kam es ihm vor, als würde sich der Sekundenzeiger seiner Armbanduhr mühse-lig und langsamer denn je von einem Strich zum anderen bewegen.

Das alles kam zusammen mit der Verwunderung, wo Liam geblieben war, und verlieh Gilbert eine trübselige Stimmung, die ihm gar nicht zusprach.

Nach einem Weilchen, der alte Mann war dem lähmen-den Schlaf verfallen, schlich sich Liam in das Abteil und agierte weit-gehend geräuschlos, bis Gilbert beim mehrma-ligen Kratzen des Rädchens am Feuerstein des fast leeren Feuerzeuges, die Augen aufriss und seinen jungen Freund mit einem breiten Grinsen begrüßte: »Liam, da sind Sie ja endlich!«

»Sind wir heut ein bisschen müde?«

»Ja, allerdings. Trübseliger Tag. Aber nicht müde genug,

um, Sie wissen schon, das da zu ertragen!«, sagte Gilbert und deutete auf die Zigarette hin, die Liam darauf mit hochgezogenen Augenbrauen in den kleinen Mülleimer an der Wand stopfte.

»Sie ziehen das echt durch. Wieso stört Sie das so sehr? Ich meine, im Abteil ist es ja nicht so schlimm, dass ich rauche, oder? Die anderen Fahrgäste werden nicht gestört.«

»Meine Beweggründe tun hier nichts zur Sache. Etwas anderes sollte im Mittelpunkt stehen. Haben Sie was Neues für mich?«

»Wenn Sie meinen. Sie können sich Ihre Trübseligkeit an den Nagel hängen. Ich habe eine Menge!«, antwortete Liam und holte einen Stapel Papiere hervor, »ganze drei Kapitel!«

»Finden Sie endlich Spaß am Schreiben?«

»Ich habe nie erwähnt, dass ich kein Gefallen daran finden würde.«

Gilbert strich behutsam über die Seiten, als seien sie eine heilige Schrift und fragte, ohne auch nur in die Richtung seines Abteilnachbarn zu schielen: »Aber Sie erwähnten zuletzt, dass Sie nicht weiterschreiben können. Ich meine, haben Sie diese einstige Ablehnung endlich überwunden?«

»Meine Beweggründe tun hier nichts zur Sache. Lesen Sie. Ich sage nur so viel, das Gespräch letzte Woche hat wirklich gutgetan. Nun aber zu den Seiten. Ich glaube, ich bin etwas zu sehr ins Detail gegangen. Tut mir leid, die Erinnerungen werden tagtäglich klarer und es fällt mir schwer zu differenzieren.«

Der alte Mann nickte nur und verschwand in dem Papierhaufen. Liam, der damit gerechnet hatte und diesmal auf die Phase der Abwesenheit vorbereitet war, ging aus dem Abteil und lief schwankenden Schrittes auf das Ende des Waggons zu, um die sich dort befindende Toilette aufzusuchen.

Nachdem er zurückkehrte, fand er Gilbert strahlend auf seinem Platz sitzend, umgeben von allen Blättern, die er ihm überreicht hatte. Sie lagen kreuz und quer auf dem Boden und den Polstern und hatten ein paar Knitter erfahren, deren Falten sich in der rauskommenden Sonne deutlich machten.

»Was haben Sie denn gemacht? Haben Sie mit der Geschichte gekämpft?«, fragte Liam mit einem leichten Ausdruck der Verwirrung.

»Nein, nein. Tut mir leid … ich bin nur … ich meine, ich liebe es! Diese Beschreibung der jungen Dame!«

»Ja, es ist es nicht zu blumig?«

Gilbert stand auf und stellte sich direkt vor den jungen Mann, der vor lauter Scham das Lob gar nicht annehmen konnte.

»Meiner Meinung nach ist es genau richtig! Lieber eine Blume als gar ein dürrer Ast! Denk immer daran, mein Junge! Weiter so.«

Ehe er darauf zu antworten versuchte, nahm Gilbert die Seiten, stolzierte aus dem Abteil und ließ Liam alleine.

Die Sonne seine komplette Gestalt erleuchtend.

Intensiv ist das Neue

Ich zog den Reißverschluss nach oben, knöpfte jeden ein-zelnen Knopf meiner Jacke zu und rührte mich, die Beine dicht aneinander gepresst, nicht von der Stelle. Kein Mensch war da. Unter kalten und nach alten Öl riechenden Windzügen, die mein dunkles Haar, das normalerweise bis kurz vor meine Brauen reichte, durcheinander wirbelten, verschwand der Zug im endlosen schwarzen Nichts, aus dem er gekommen war. Er hinterließ eine Stille, wie ich sie noch nie zuvor in meinem Leben wahrgenommen hatte.

Mein Blick, der anders als meine Haltung sehr erregt war, sondierte jeden einzelnen Zentimeter meiner neuen Umgebung und blieb bei einem großen blauen Schild hän-gen. Dieses war mit einem Wort geschmückt, das in großen weißen Lettern *Lienwoon* darstellte.

Ich war angekommen.

In der Stadt, in der alles normal werden sollte.

Tief atmete ich ein und die kalte Luft erfüllte mich auf paradoxe Weise zunächst mit Wärme. Meine Emotionen, die, wie es mir schien, sich alle in einem Gefühl des Glücks bündelten, nicht kontrollierbar, gab ich mich mit meiner wenigen Quadratzentimeter großen Fläche zufrieden. Dann starrte ich mit einer immensen Intensität einfach nur das Schild an, als würde ich darauf warten, dass es mir mit seinen weißen Lettern den weiteren Weg zeigen würde.

Und ehe ich mich versah, fiel mir auf, dass es dies schon längst getan hatte. *Lienwoon*. Ich war in Lienwoon. Mehr brauchte ich nicht zu wissen. Ab jetzt würde alles normal werden und auf normale Art würde ich eine Unterkunft finden und die Dinge würden ihren Weg gehen, auf normale Weise.

Mutig und voller Euphorie wagte ich den ersten Schritt und lief, den Lederkoffer mit seinen klapprigen Rollen hinter mir her ziehend, auf die Überführung zu, die mich, wie es die nächste Anzeige vermittelte, in Richtung Innenstadt brachte.

Hinter dem Bahnhof wartete eine dunkle Wand auf mich. Die Stadt, die vielmehr die Größe eines Dorfes hatte, lag noch mehrere Hundert Meter vom Bahnhof entfernt und erreichte mit ihren wenigen Straßenlaternen und Häusern einen nicht ausreichenden Grad an Helligkeit, um die erdrückende Dunkelheit der Nacht zu durchdringen. Zwar lag die Sonne bei meiner erlösenden Abfahrt gar schon unter dem Horizont und das Schwarz war auf der Fahrt ein ständiger Begleiter, dennoch fühlte es sich an diesem Ort, weit genug von den Neonleuchten des Bahnhofes und weit weg vom Stadtkern so dunkel an, wie kaum anderswo. Diese Intensität verlieh dem Ganzen einen leicht unheimlichen Charakter. Zumindest rein oberflächlich gesehen. Im Inneren meines Selbst war stets die Freude an vorderster Front und ich konnte es kaum abwarten, all das bei bald anbrechendem Tageslicht zu erkunden.

Meine Uhr, die als Arena für das stündliche Rennen der beiden Zeiger diente, gab mir die entscheidende Auskunft, die mich zum Entschluss brachte, nun endgültig die lange gerade Straße zu beschreiten, die einer Landebahn ähnelnd das Betreten von Lienwoon gerade nur so anpries.

Jede Erhebung, des aus vielen kleinen Steinen erfassten Untergrunds, rief an meinem Koffer ein Klappern der Schnallen hervor. Mit meinen bewussten, aber auch sanften Schritten hallten diese Geräusche durch die ebene Landschaft, welche sich vor Lienwoon erstreckte. Dabei fanden sie bis auf die Stille der Nacht keine weitere Gesellschaft. Die Luft, durch meine stramme Bewegung an mir vorbeirauschend, war eisig kalt. Blut sammelte sich in meinen Backen und versuchte mein Gesicht aufzuwärmen, das statisch und ohne Emotionen war.

Dann blieb ich stehen. Mein Lärm verstummte. Nirgendwo war etwas zu hören. Keine Geräusche von Menschen oder Tieren. Kein pfeifender Wind oder das Rascheln von Blättern, die in ihm tanzten.

Eine intensive Ruhe, die mich so weit brachte, etwas zu vernehmen, was ich bisher noch nie in meinem Leben gehört hatte – meinen eigenen Herzschlag.

Detaillierte Unheimlichkeit

Meine Schuhe waren offen und die Schnürsenkel wanden sich in alle Richtungen. Ich hielt kurz an, beugte meinen gesamten Oberkörper nach unten, drehte den mit Blut volllaufenden Kopf ein wenig seitlich und erblickte ein Haus. Das erste Haus, das ich außer der Hütte am Bahnhof in dieser Gegend wahrnahm. Ein altes Gebäude, das mit braunen Latten ummantelt war, deren Beschichtung sich an vielen Stellen löste und dem Ganzen einen schäbigen Eindruck verlieh. Der dunkle, nach vorne dringende Wald drohte das Haus im Laufe der Zeit zu verschlingen.

Sofort erreichte die unheimliche Gestalt dieser intensiven Nacht nun auch mein Inneres und kitzelte all die Poren am gesamten Körper, die sich darauf aufstellten.

Die Schnüre meiner Schuhe saßen wieder fest in ihrer Schleife, doch blieb ich stehen. Das Erscheinungsbild ließ mich nicht sichtbare Wurzeln schlagen, die sich durch den festen Asphalt bohrten und ein Weiterkommen unmöglich gestalteten. Ich wusste nicht, weshalb ich mich so verhielt, aber mir blieb nichts anderes übrig.

Mit der Zeit nahm ich alles Ersichtliche in mich auf. Die

weißen Fensterläden, die paarweise an jeder kleinen Scheibe hingen, die langen Äste der Bäume, welche mit ihren Spitzen das Dach berührten und der morsche Zaun, der seiner ursprünglichen Funktion als Hindernis nicht mehr nachzukommen schien. Besonders stachen das Fahrrad und die Schaukel im Vorgarten heraus und erzeugten in mir die Vermutung, dass dort eine Familie leben könnte. Ob es ein kleines Mädchen war oder doch ein Junge? Diese Frage nistete sich im Nu ein und ich bekam sie nicht mehr weg. Alte Erinnerungen meiner Kindheit wurden abgespielt. Verschwommen, wie auf alten Super-8-Filmen schmerzten diese Bilder und mein Blick fror dabei unabdinglich ein, gerichtet auf das kleine rote Dreirad, das bestimmt …
… das bestimmt …

Ich kann nicht.
Gilbert, ich kann einfach nicht.
Ich werde hier abbrechen, ehe alles zurückkommt.

Kraft der Überwindung

Zunächst ein stechender Schmerz, dann abklingende Hitze und ein nun weitaus stärkerer Geruch von gerösteten Bohnen. Sein Bauch erfüllte sich mit Wärme. Lange hatte Gilbert überlegt, einen Schluck seines Kaffees zu trinken, und hatte gezögert, in der Sorge, dass er noch zu heiß sei. Dann stellte er ihn wieder auf den kleinen Tisch der Vierersitznische.

Plötzlich erschrak er, als etwas auf dem Tisch landete und den Becher umschmiss, worauf die heiße Brühe blitzschnell seinen Schoß erwärmte. Die einst helle beige Hose saugte sich voll mit der schwarzen Flüssigkeit – der Kaffeebecher am Ansatz der Pfütze leicht hin und her rollend.

»Mensch, das ist jetzt aber …!«, stöhnte Gilbert und bemerkte erst am Ende seines Satzes, dass der Junge, der eben noch vor ihm zu stehen schien, weitergegangen war und nur mit einer raschen unüberlegten Bewegung ihm die Seiten auf den Tisch geworfen hatte.

»Aber, Liam, wo geht es denn hin?«

Mühsam kämpfte er sich aus der Jacke und stand auf. Ein wenig Schweiß lief ihm über die Stirn und er war froh, endlich aus den Daunen seiner Winterjacke befreit zu sein. Dieser Tag war ungewöhnlich warm und die heiß feuchte Hose tat ihr Bestes daran, dies zu unterstützen.

Prüfend lief Gilbert durch den Waggon und suchte jeden Sitz nach Liam und seinem merkwürdigen Verhalten ab. Er fand ihn nicht, auch wenn er anfangs meinte, ihn in einem der anderen Fahrgäste erkannt zu haben.

Nachdem er die Suche aufgegeben und in der Zugtoilette seine neueste Hose gereinigt hatte, setzte er sich wieder an den Tisch. Die Lache aus dem morgendlichen Kaffee war nun weitaus größer und umklammerte einen Teil der neuen Seiten. Die Zeitung, welche er ursprünglich vorhatte zu lesen, war schon vollends vollgesogen und die Titelseite schier unlesbar.

Schnell und bedacht hob er die von Liam hingeworfenen Blätter hoch, ließ den Kaffee abtropfen und murmelte leise vor sich hin: »Die schönen Seiten. Was für eine Sauerei!«

Anschließend blätterte er sie mit funkelnden Augen um und begann zu lesen. Es war wie jedes Mal. Mit dem ersten Wort hin verschwand Gilbert und war in der Welt nicht mehr anwesend. Demnach bemerkte er auch nicht, dass ein junger Mann vorbeilief und ihm ein paar Euro auf den Tisch legte. Dieser stellte sich dann an die Tür. Nervös und mit raschen Zuckungen seines Kopfes in jede Richtung wartete er mit großer Sehnsucht darauf, dass diese sich endlich öffnete.

Die vorbeiziehende Landschaft wurde immer klarer und allmählich spürbar verlor der Zug an Geschwindigkeit. Er schaute noch einmal um sich und währte sich in Sicherheit.

Bei Eintritt in den Bahnhof ertönte hinter ihm eine Stimme: »Na Mensch, Liam, Sie wollen doch jetzt noch nicht aussteigen.«

Erschrocken fuhr der Jüngere zusammen und drehte sich um.

»Gilbert, lassen Sie mich in Ruhe. Es tut mir leid, aber ich kann Ihnen keine Seiten mehr geben.«

»Wieso, Liam? Was ist los? Sie können mir doch alles erzählen«, sagte der alte Mann mit ruhiger Stimme.

Liam schüttelte nur den Kopf und lachte ein wenig gekünstelt: »Wenn Sie wüssten. Suchen Sie sich jemand anderen, der Ihnen eine Geschichte erzählt.«

In diesem Moment schoben sich die Türflügel beiseite und gewährten freien Ausgang. Liam hob den Fuß und Gilbert packte ihn an der Schulter.

»Ich sehe doch, dass Sie was bedrückt. Ich kann Ihnen helfen. Sie müssen es mir nur erzählen! Schreiben Sie einfach, Sie können sich auch Zeit lassen. Ich werde darauf warten!«

»Lassen Sie mich los! Kaufen Sie sich einen neuen Kaffee von dem Geld und lassen Sie mich in Ruhe!«

Liam sah mit schmalen Augen zu Gilbert rüber und behielt diesen ernsten Gesichtsausdruck bei. Aber auch der alte Mann bewahrte die Ruhe und schuf, mit weitaus ruhigerem Puls, den Eindruck, die Kontrolle über die Situation zu haben.

»Du bist nicht schwach, Liam, hörst du? Du hast die Kraft der Überwindung. Was es auch ist, du kannst es einfach packen und bekämpfen.«

»Wenn Sie das so sagen«, flüsterte er, riss mit einer starken Bewegung den Arm von Gilbert und stieß ihn wenige Schritte von ihm weg, sodass dieser gegen die Wand schlug.

»Es ist vorbei, hören Sie!«

Dann verschwand Liam im Getümmel des Bahnhofes und Gilbert stand da mit pochendem Schmerz in den Schultern. Seine Hose noch immer nass, gespickt mit einer leichten Verfärbung.

Stillstand durch echte Kälte

Durch den Stillstand von der Kälte umzingelt, schwand im Takt der Sekunden meine Kraft, mich weiter auf den Weg zu machen. Der eisige Schleier, in den dieser Ort gehüllt war, und die sich immer mehr aufbäumende Unheimlichkeit betäubten mich schlichtweg. Trotzdem erkannte ich die Lage schnell und mir war der einzige Ausweg bewusst, der mich aus dieser Situation befreien sollte. Den Fuß gehoben, die Neugier als Antrieb, die Zähne zusammengebissen, ging es weiter.

Vereinzelt etwas stärker leuchtende Straßenlaternen erhellten den geflickten Bordstein und führten mich entlang der Hauptstraße, die wie eine einzige Schlange vom Bahnhof beginnend durch das Dorf führte. Alle Häuser standen bedeckt von einem grauen Schleier hinter ihren gepflegten Vorgärten und kaum einer der Bewohner schien noch wach zu sein. Kein Licht, nur dunkle Scheiben, in denen mir mein Spiegelbild durch die erste Erkundungsreise folgte.

Die Armbanduhr im Kegel einer besonders grellen Laterne sichtbar machend, zeigte kurz nach Mitternacht an. Ich hätte es wissen müssen, dass in solchen Gegenden um diese

Uhrzeit kein Trubel mehr herrschte, wie ich es aus der Großstadt gewohnt war.

Wenige Schritte entfernt, am Rande des Lichts, stand eine Sitzbank, welche mir während ich den Mantel über mein Handgelenk stülpte und die Zeit wieder darunter versteckte, willkommend ins Auge stach. Zunächst drehte ich mich ein wenig, um mir meiner Gegend bewusst zu werden, und ließ mich nieder, den Koffer neben meine eingewinkelten Beine gestellt.

Die Kälte des Holzes durchdrang meinen Körper von unten beginnend, strömte entlang der Wirbelsäule bis nach oben in die Brust, die durch die kalte eingeatmete Luft ohnehin schon an dezenter Unterkühlung litt. So versuchte ich folglich meinen Reißverschluss weiter nach oben zu ziehen, obwohl dieser bereits am Anschlag war und sich aus der zahnartigen Fassung zu lösen drohte.

Mir war nun wirklich nicht klar, was ich als nächsten Schritt unternehmen könnte, welche Optionen mir blieben. Der Gedanke, schon gleich in das nächste Hotel zu wandern, widerte mich an. Schließlich war ich nicht als flüchtiger Tourist gekommen, mit dem Ziel vor Augen möglichst viel zu entspannen. Sondern ich wollte ein normales Leben führen und ein Start in einem Hotel wäre unpassend gewesen. Mir schwebte eine Pension vor. Da nun aber jede derartige Unterkunft sich um solch eine ermüdende Zeit in die dunkle Häuserwand mit einreihte, blieb ich sitzen und trotzte der kalten Nacht.

Die Augen kreisten und die Lider wurden schwerer. Die aufkommende Bettwärme kämpfte mit den eisigen Windzügen, die meinen gesamten Körper umarmten und unter meine dünne Jacke krochen. Dies war wieder einer der Momente, wo ich mir meine Daunenjacke herbeiwünschte. Sie war nur wenige Handgriffe entfernt. Doch hielt ich es für eine bessere Idee, meine Position nicht zu verändern, in der Hoffnung, die eigens erzeugte Wärme würde bald ein ausreichendes Level erreichen.

Eine sich wiederholende Lebenssituation.

Minuten später, die Kälte hatte immer noch Bestand, stand ich auf und versuchte mich zu bewegen. Mit kratzenden Geräuschen, die meine Schuhe machten, als sie über den Asphalt rieben, lief ich um die Bank herum und drehte ein paar Runden. Es brachte nix, ich empfand nur Anstrengung und setzte mich wieder hin. Ich wunderte mich über die immer mehr beißende Kälte und erschauerte bei jedem Hauch, den der Wind machte. Die Oktober, welche ich kannte, waren weitaus wärmer gewesen und fühlten sich nicht wie ein frostiger Januar an.

Mit der Zeit wurde alles dumpf und taub. Backen und Ohren kaum noch wahrnehmbar, als auch alle umgebenden Laternen strahlten in einem gedämpften Licht. So sehr ich auch zu kämpfen hatte, ich handelte nicht. Die Kälte zwang mich zu einem längeren Stillstand.

Und so versank ich auf der Bank und verlor mich in der ersten eisigen Nacht in Lienwoon.

Wissen ist das nächste Vergessen I

Es raschelte. Meine Lider bedeckten naturgemäß die Augen und hielten mich in meiner eigenen Dunkelheit gefangen. Doch war da dieses Rascheln.

Ich malte mir allerlei aus.

Ein Vogel, welcher im tiefen Busch nach Beeren suchte. Eine Katze, die sich durch das dichte System der dünnen Äste schlich, wahrscheinlich mit einem oder sogar diesem Vogel im Maul, dessen Kopf dank eines Genickbruchs in lockerer Haltung die Schnurrhaare des Raubtieres kitzelte.

Meine einstigen Erinnerungen an den Kater aus der Kindheit vermischten sich mit einer vernünftigen Vorstellung, die eindeutig besagte, dass es kein Tier sein konnte. Verwirrung machte sich breit. Die Augen aufgerissen befand ich mich an einem anderen Ort, welcher mich mit gedämpfter, aber natürlicher Helligkeit begrüßte. Es war nicht die Umgebung, die ich vor Eintritt in den Schlaf vorfand. Oder doch?

Mit Schmerzen verbunden, drehte ich den Kopf ein wenig seitlich und erkannte einen dicken Mann, welcher neben mir saß, auf etwas kaute und versuchte, die Zeitung in seinen schwieligen Händen unter Kontrolle zu halten, auch wenn sie immer wieder umknickte.

Nicht lange dauerte es, bis er meine Lebenszeichen wahrnahm und zu mir rüberschielte.

»Wussten Sie eigentlich, dass sie mir so ein Ding in den Kopf gepflanzt haben?«

Während er sprach, sah man deutlich einzelne Tropfen Speichel, die wie Funken unter seinem Schnauzer hervorsprangen und das trübe Morgenlicht brachen.

»Tut es denn weh?«, fragte ich und war vielmehr von meinen Nackenschmerzen abgelenkt.

Sichtlich darüber erfreut, dass ich seine Intention zu einer Konversation, so komisch sie auch sein mochte, erwiderte, bewegte er seine elefantengleich dicken Beine und rutschte näher zu mir – sein Gesicht formte derweil ein Grinsen.

»Ach, das hängt vom Tag ab. Aber es hilft mir zu vergessen. Wussten Sie eigentlich, dass man öfter vergessen sollte?!«

»Ähm, nicht dass ich wüsste.«

Er faltete grob die Zeitung zusammen, legte diese beiseite und starrte mir mit seinen kleinen Augen, die schier von seinen Hamsterbacken verdeckt wurden, direkt auf mein Gesicht.

»Die Leute, die fasten immer nur. Was gut für den Magen ist, ist Vergessen gut für den Kopf. Mal leer machen, das da oben.«

Erstaunlich behutsam streichelte er seine Wollmütze und lachte anschließend etwas.

»Das wusste ich nicht, danke, dass Sie mir das gesagt haben«, antwortete ich und fühlte mich nicht wohl bei dieser Konversation, die von undefinierbarem Inhalt geprägt war.

»Nein, Sie verstehen nicht. Es ist sehr wichtig! Ich konnte es nicht, aber sie haben mir so ein Ding da oben reingemacht, das soll mir helfen, endlich wieder klar denken zu können, endlich wieder zu schlafen.«

Er rutschte näher.

»Das freut mich für Sie.«

»Erinnerungen, sie können einen verwirren. Kaum siehst du was, ist sie da.«

»Wer ist da?«

»Na, die Erinnerung. Sie ist da und beeinflusst dich!«

»O. k., wie macht man das dann?«

»Was?«

»Na, das Vergessen.«

»Ich wusste es mal, ich habe es aber vergessen.«

Mit geneigtem Kopf schaute ich ihn an und fragte leicht gereizt: »Sie scherzen doch, oder? Ich schlafe hier, Sie fragen nicht mal warum und erzählen mir, dass ich vergessen soll und …«

Meine aufbrausenden Worte wurden von dem dicken Mann unterbrochen, als dieser aufstand, seine Aufmerksamkeit von mir abwendete und hinter sich blickte.

»Ach, da bist du. Komm, wir gehen weiter … mietz, mietz!«

Ohne meine Glieder zu bewegen, blieb ich sitzen und fühlte, wie mir die Kraft fehlte, weiter auf die sonderbare Situation einzugehen.

»Hat mich gefreut, Sie mal kennenzulernen«, sagte er und lief watschelnden Schrittes los, neben ihm eine Katze, die einen toten Vogel im Maul hielt.

Der Geruch von nassem Eisen

Ein bekannter Geruch kitzelte die Poren meiner Nase. Er wirkte so frisch und dennoch unterschwellig mit einem gewissen Gewicht versehen. Unverschämt laut und getrieben von der Suche nach der Herkunft des Geruchs, machte ich mich daran, aufzustehen, ein paar Schritte zu gehen. Ich ließ die liebgewonnene Bank hinter mir, welche trotz ihrer harten, mit diversen Einkerbungen versehen und durch die Zeit geprägten Holzlatten mir einen passablen Schlafplatz geboten hatte.

Ein Blick in den Himmel. Aus dem anfänglichen graublauen Farbton, der das nächtliche Schwarz ablöste, wurde ein angenehmes Orange und bot mir eine Kulisse wahrer Schönheit. So intensiv unheimlich Lienwoons erster Eindruck bei Nacht gewesen war, umso erfrischender wirkte die froh mutige Gestalt der Morgenstimmung. Nahezu jede Sicht in die Schönheit der Natur war dennoch von den Dächern der kleinen Häuser verhindert, die ein Labyrinth aus schmalen Gängen bildeten. Auf den Dächern tummelten sich vereinzelt Möwen, deren weißes Erscheinungsbild sich durch die nach außen stehenden Äste, der ansonsten dichten

Masse aus zusammengebundenem Reet, vorsichtig hin und her bewegten und dabei ihr Krächzen gegen die Stille des anfänglichen Tages ankämpfte.

Mit jedem weiteren Schritt, den ich machte, krümmte sich mein Rücken umso mehr. Vom Gewicht der Scham geplagt, blieb ich stehen und schaute um mich. Das Klappern des Koffers, das Schürfen meiner Sohle über den Asphalt – all die verursachten Geräusche, die ohne jede Mühe über die schönen Vorgärten nur hinweghuschen mussten, direkt in die Häuser gelangen konnten, um dann schließlich die vernünftigen, noch im Schlafzustand befindlichen Bürger der Stadt Lienwoon zu wecken.

Der gute, etwas nicht normale dicke Mann war die erste Person gewesen, der ich an meinem vorläufig neuen Wohnort begegnet war. Doch interessierte dieser mich in dem Moment nicht. Weder sein Auftreten noch sein Gerede über Vergessen.

Denn ich erhaschte die Sicht auf etwas Besonderes, das zwischen zwei Häuserwänden durchschimmerte und mich augenblicklich loslaufen und meine Geschwindigkeit nun exponentiell ansteigen ließ.

Das Herz pumpte schneller, die Lungen weiteten sich, der Atem wurde hektischer und ich nahm ihn wieder wahr – den Geruch. Er wurde stärker und mittlerweile genügte nur noch ein leichter Atemzug und dieser bahnte sich seinen Weg durch den gesamten Körper.

Die Bewegung wurde lauter, der Boden sandiger und hinter dem löchrigsten Reetdach vernahm ich es nun deutlich – das Meer. Das Meer in seiner gewaltigen anmutigen

Gestalt fokussierte mich und erreichte den vollständigen Kontrollverlust. Ich ließ den Koffer los, welcher umkippte und frei von Lärm in den polsternden Sand fiel.

In meinem Leben war ich an unzähligen Stränden gewesen, einer exklusiver als der andere. Feinkörniger Sand mit dick dekadenten neureichen Homo sapiens belegt. Doch nie war ich an einem Ort dergleichen gewesen. Das Zusammenspiel aus Sand und Wasser schien unberührt, als wäre ich der erste Mensch, der es bisher sehen durfte.

Ich öffnete meine Schuhe, rutschte langsam mit den geschwollenen Füßen heraus, zog die Socken über die Ferse und bohrte meine nackten Zehen in den weichen Sand. Kurz darauf rannte ich los und hinterließ große ungleichmäßige Spuren. Mit kräftigen, weiten Schritten stieg ich den kleinen Hügel aus Millionen winziger Steinchen hinauf, welcher die vollständige Sicht auf das Naturspektakel verhinderte, und verlor an dessen Spitze vor lauter Euphorie das Gleichgewicht. Getrieben von der Schwerkraft näherte ich mich dem weichen Boden und rutschte mit zusammengekniffenen Augen, die linke Gesichtshälfte gegen den Sand gedrückt, wenige Meter Richtung Wasser.

Dann spürte ich etwas Feuchtes. Ein zunächst undefinierbarer Gestank und Feuchtigkeit drangen in mich ein und malten in meinen Gedanken ein Bild von modrigem Tang im durchnässten Sand. Doch als ich meine Augen öffnete, fand ich mich wieder, das Gesicht auf eine tote Möwe gepresst. Erschrocken richtete ich mich auf und erkannte ein Meer.

Es war nicht das Meer, das ich mir erhoffte. Und doch

schien es unberührt. Ich stand inmitten eines grausamen Schauspiels.

Im leicht frischen Wind der morgendlichen Prärie schwirrten blutbefleckte Federn über Hunderte von toten Möwen und verteilten den einen Geruch, den ich zu gut kannte. Der Geruch von nassem Eisen.

Momente im Wandel der Zeit

Im Sommer meines sechsten Lebensjahres passierte etwas Schlimmes. In einer gewöhnlichen Woche, an einem gewöhnlichen Tag, zur gewöhnlichsten Stunde entdeckte ich zum ersten Mal den Tod. Ich hatte davor nur von ihm gehört. Man erzählte mir in meinen neugierigen Phasen, dass er jeden mal besuchen würde und man anschließend woanders hingehen müsse. Mein Vater sagte mir damals: »Weißt du, Sohn, der Tod kommt auf jeden Fall. Er ist fest in unser aller Leben eingeplant. Und was wirklich sein muss, kann doch nicht so schlimm sein, oder?!«

Ich nickte darauf immer nur mit meiner infantilen Unwissenheit und der fehlenden Fähigkeit, die Dinge zu hinterfragen.

An diesem einen gewöhnlichen Mittag sah ich meinen Hund tot auf der Straße liegen. Ich lief auf ihn zu und spürte dabei, wie meine innere Wärme schwand. Wie alles um ihn herum kalt und hoffnungslos wurde. Das Bild seines zerfetzten Körpers wiederholte sich die darauffolgenden Jahre in meinen Träumen.

Keine Träne rollte über meine weiche Wange, doch verlor ich die Fähigkeit mich zu bewegen. Im weiten T-Shirt gekleidet, das aufgeregt im Wind große Wellen auf meinem kindlichen Körper formte, stand ich einfach nur da. Gelähmt von der Angst, kniff ich die Augen zu und wartete darauf, dass es aufhörte.

Meine Augen waren fest geschlossen, der Geruch drang nicht mehr in mich ein, das Rauschen des Meeres wurde leiser. Die Welt um mich herum – all der Tod – war nicht mehr da. Ich war wieder dort. An dieser Straße, mit diesem T-Shirt und wollte einfach nur, dass es aufhört. Ich zählte innerlich die Sekunden, bis ich das erlösende Hupen eines vorbeifahrenden Wagens hören würde, welcher anschließend mit quietschenden Reifen zum Stehen käme, jemand aussteigen und die Tür zuknallen würde, mit langsamen Schritten auf mich zukäme, ehe er mir dann mit großen sanften Händen über die Schulter streicheln würde.

Ich wartete darauf, dass ich wieder gerettet wurde.

Sekunden wurden zu Minuten und die Zeit wehte im Wind davon. Eine Weile nach der anderen verstrich und die Erkenntnis fruchtete, dass ich nicht mehr fünf Jahre alt war, dass ich keinen Retter mehr bekam und auch keinen mehr benötigte. Der Schock, der sich zunächst tief anfühlte, klang schnell ab und so fing ich an, mich wieder zu bewegen – mit der eigenen Kraft des Alters aus der Angst befreit.

Maximal einen Schlitz weit öffnete ich nun meine Augen und schielte zwischen den Wimpern, um einen Weg zu erfassen. Jeder Schritt war gut überlegt und ich schaffte es; ich gelangte aus dem, von toten Vögeln übersäten, Boden und blieb schlussendlich bei meinem Koffer stehen, der in den Sand gebohrt, wie ein stiller Beobachter seine Position nicht verändert hatte.

Eine innere Kraft versuchte mich dazu zu verführen, einen Blick hinter mich zu werfen, doch traute ich mich nicht. Zu abstoßend, zu brutal war das Bild. Es war einer dieser Momente, wo man mehr als bewusst wahrnahm, dass man ihn für immer mit sich tragen würde. Dieser würde niemals das Gedächtnis verlassen, mein ganzes Leben lang würde ich versuchen müssen, mit ihm klarzukommen.

Von Weitem ertönte ein immer lauter werdendes Geräusch. Zunächst schwer zu identifizieren, erkannte ich es als ein Bellen. Die weitgehend flache Landschaft um mich herum bildete einen verlassenen Strand am Rande der Stadt – niemand schien vor Kurzem hiergewesen zu sein. Vermutlich die logischste Erklärung, weshalb keiner diese toten Vögel bemerkt hatte. Niemand, nicht mal der Hund, der nun direkt vor meinen Füßen stehen blieb, seinen Kopf neigte und mit weit aufgerissenen Augen zu mir hinauf starrte. Ihn schien der bestialische Geruch des Todes nicht zu stören, denn er schenkte nicht einen Hauch von Aufmerksamkeit, auch wenn die erste tote Möwe nur wenige Schritte von uns entfernt im Sand lag und darauf wartete, wieder von Mutter Natur aufgenommen zu werden. Und sei es der Turm einer Sandburg, die in hundert Jahren an dieser Stelle von einem unschuldigen Kind erbaut wird. Von einem Kind, das von all dem Übel, welches es mit seinen kleinen Fingern berührt, nicht die leiseste Ahnung haben wird. Denn die Zeit verstreicht wie der Wind im flüchtigen Sinne und der Ort wechselt seine Bedeutung.

Aufgefordert vom Winseln des Hundes packte ich meinen Koffer, schüttelte ein wenig die Sandkörner ab und lief los, den Strand und zugleich Straßenrand zunächst hinter mir lassend.

Es war einer dieser Momente.

Wenn das nicht grotesk ist

Seine Hand rutschte in die tiefe Tasche des Mantels. Währenddessen tasteten seine Finger nach etwas Bestimmten und ergriffen es blitzartig, als sie mit ihren Spitzen das Papier berührten. Gilbert nahm seine zweite Hand zur Hilfe und entfaltete den knittrigen Zettel. Liams Schrift musternd, las er aufmerksam die wenigen Zeilen der Navigation und strich sich dabei, ohne es zu bemerken, mit der Zunge über die Lippen. Dies tat er immer, wenn er imstande war, etwas zu tun, das ihm nicht zusprach.

Mit dem Blick nach oben gerichtet betrat er den unregelmäßig gepflasterten Weg zur Haustüre und schaute anschließend mit angestrengten Augen, die sich bei der schier vollkommenen Dunkelheit schwertaten, auf die Klingelschilder und fand schlussendlich das, was er suchte. Er drückte. Nichts passierte. Dann klopfte er an die Tür selbst. Wieder bekam er keine Reaktion, keine Antwort.

»Liam, sind Sie da?«, schrie er und schaute hinauf, in der Hoffnung, eines der dunklen Fenster des Mehrfamilienhauses würde aufleuchten.

»Liam, ich hab Ihre Seiten bekommen! Ich würde gerne

mit Ihnen reden! Ich habe ein paar Fragen!«

»Sie brauchen nicht so laut schreien. Sonst wecken Sie noch die anderen.«

Ruckartig drehte sich Gilbert um und erkannte Liams Silhouette, die seitlich von der Straßenlaterne angestrahlt wurde.

»Ach, da sind Sie ja. Tut mir leid, ich dachte, Sie hören mich vielleicht nicht.«

»Sie haben Glück, dass hier nur alte Leute wohnen. Die hören eh nix. Nicht, dass Sie jetzt schlecht hören würden, Gilbert«, sagte Liam und ging mit dem Schlüssel voraus zur Haustüre.

»Was haben Sie gesagt?«

Der alte Mann lachte etwas, blieb aber allein damit – wieder strich er sich mit der Zunge über die Lippe.

Die beiden gingen die Treppe nach oben und betraten einen einfach eingerichteten Raum, der nicht vielmehr als einen Tisch in der dunkelsten Ecke, ein schlichtes Sofa und einen kleinen Fernseher besaß. Die Küche mit einer einfachen Zeile war bestückt mit zugeschmierten Papptellern und sonderte einen beißenden Geruch ab.

Gilbert sichtlich darüber bestürzt, bemerkte vorsichtig: »So wohnen Sie also.«

Darauf gab der Junge ihm keine Antwort, sondern setzte sich einfach nur auf sein Sofa und stierte auf den Boden.

Nach einer Weile des Schweigens öffnete der Zweite im Raum den Mund: »Nun, Sie haben wieder geschrieben.« Dabei hielt er die Seiten mit beiden Händen fest umklammert.

»Ich meine, es ist wieder sehr interessant und ich hab auch da unheimlich viele Anmerkungen. Doch frage ich Sie noch mal, Liam, warum haben Sie aufgehört? Unsere grobe Auseinandersetzung vergessen wir jetzt erst mal. Einen Monat lang hab ich nichts von Ihnen gehört und auf einmal sehe ich das hier in meinem Briefkasten. Warum?«

Ruckartig bewegten sich Liams Augen und visierten Gilbert an, der wie ein neugieriges Kind vor ihm stand.

»Manchmal, da macht man einfach weiter.«

»Geben Sie mir endlich mal eine klare Antwort, ich will Ihnen doch nur helfen!«

Er stand auf und stellte sich dicht an das Fenster, der alte Mann hingegen stand ein paar Schritte hinter ihm und äußerte mit seiner steifen Haltung ein deutliches Unbehagen.

»Wissen Sie, was in Lienwoon passiert ist, das hat mich verändert. Es ist ein psychologischer Kraftakt, wieder dahin zurückzukehren, und sei es nur mit den Gedanken.«

»Sie müssen das nicht tun. Sollte ich Sie irgendwie bedrängt haben, dann tut mir das leid. Ich habe von Anfang an bemerkt, dass Sie etwas bedrückt, und dachte mir, ich könnte Ihnen vielleicht helfen«, versuchte Gilbert zu erklären und ging dabei ein paar Schritte Richtung Fenster.

Mit einem hämischen Grinsen verbunden bemerkte der Jüngere von ihnen: »Wir beide wissen, dass dies nicht der einzige Grund gewesen ist, nicht wahr, Gilbert?«

Noch bevor er darauf antworten konnte, unterbrach ein lautes Geschrei die erdrückende Stille und ließ ihn zusammenzucken.

»Was war das?«

»Schauen Sie, da unten«, sagte Liam und zeigte mit dem Finger aus dem Fenster.

Zu sehen war ein stark beleuchtetes Haus, das mit seiner Architektur unvermeidbar aus der Masse der anderen Häuser herausstach.

»Das ist ja ein prachtvolles Bauwerk. Wohnt da jemand?«

»Das hier, Gilbert, das ist das eines der vielen Häuser meiner Eltern.«

»Wenn das nicht grotesk ist.«

Nervös zuckte die Zunge des Alten über seine Lippen.

Schnelle Hilfe der Fürsorglichkeit

Mit dem Blut der toten Vögel vor meinen Augen sank ich bedacht weiter nach unten und die harten Holzlatten der Bank berührten meinen Rücken. Die Sonne strahlte auf mein Haupt und ich kniff die Augen zusammen, während ich mit meiner Hand versuchte, einen Schatten zu formen, der meinen Lidmuskeln Entspannung verschaffte. Tief seufzte ich und war von meiner Situation genervt. Den Start in mein neues Kapitel hatte ich mir anders vorgestellt. Aber wieder mal zeigte mir das Leben, dass Vorstellung und Realität selten einen Gemeinplatz finden. So fing ich wieder an zu dösen. Auf der Bank, wo alles angefangen hatte. Bevor ich mit dem grausamen Schauspiel des Todes konfrontiert wurde.

Doch ehe ich mich in einer tieferen Phase des leblosen Zustandes befand, vernahm ich eine Stimme, die erstaunlich laut war und von einer Person kam, die auf einmal direkt neben mir stand und mit ihrem Köper einen erleichternden Schatten warf.

»Geht es Ihnen gut? Soll ich einen Arzt rufen?«, fragte die Frau besorgt.

Um ihr Gesicht zu erkennen, das verdunkelt nur grobe Züge zeichnete, richtete ich mich auf.

»Bleiben Sie liegen, Sie sollten sich nicht bewegen. Warten Sie, ich rufe einen Arzt.«

Ich stammelte: »Nein, das müssen Sie nicht. Alles o. k.«

»Sind Sie sich sicher? Sie bluten!«

»Moment mal, ich blute?«, fragte ich und sah nun eine Frau, die trotz ihres mittleren Alters, mit ihren blonden Haaren und großer Statur, eine gewisse Schönheit darstellte, die vielmehr aber im Sinne der Vertrautheit als im Sinne der Ästhetik wirkte.

Sie holte ein Taschentuch hervor, bewegte langsam ihre Hand zu meinem Kopf hin und tupfte vorsichtig meine obere linke Wange ab. Der rote Fleck auf dem weißen Tuch erschreckte mich, dennoch wurde mir schnell klar, woher dieses Blut stammte, denn bis auf meine schlechte Stimmung hatte ich keinerlei Schmerzen.

»Das muss von den Möwen kommen«, erklärte ich.

»Möwen?«

»Am Ende der Straße, am Strand ... da liegen Hunderte von toten Möwen!«

Die Frau schien verwundert und setzte sich neben mich, ihre Beine übereinandergeschlagen.

»Was reden Sie da? Tote Möwen?«

»Ich lief los und wollte zum Meer, da bin ich ausgerutscht und fiel auf die toten Vögel. Es war schrecklich.«

»Merkwürdig. Und wir dachten, es sei vorbei.«

»Ist das schon mal passiert?«

»Ja. Ist aber schon eine Weile her. Damals war es ein

Pilz im Seegras, der all die armen Vögel angesteckt hat. Sie starben schon innerhalb weniger Tage. Ein Lehrer der Schule, Herr Brenner, hat zusammen mit seiner Frau darüber ein Buch geschrieben. Hat das Dorf damals ziemlich in Aufruhr gebracht.«

Darauf wusste ich nichts zu sagen. Dafür machte sich in mir ein Gefühl von Erleichterung breit, da es für dieses surreale Spektakel eine vernünftige Erklärung gab.

»Ach, wo sind denn meine Manieren. Ich bin übrigens die Liz«, sagte sie und gab mir die Hand.

»Liz? Einfach nur Liz?«

Sie lächelte ein wenig und strich sich über ihre Jeanshose, die für eine solche Frau mit gepflegtem Erscheinungsbild erstaunlich viele dunkle Flecken aufwies.

»Eigentlich Elizabeth, aber hier nennt mich jeder nur Liz. Mir gehört die Pension drüben an der anderen Seite des Strandes.«

»Ach, was Sie nicht sagen!«

»Wieso?«

»Ich bin nicht von hier und suche noch eine Unterkunft.«

»Hm … ich wusste, dass Sie nlcht von hier sind. Sie müssen wissen, ich kenne alle von diesem kleinen Örtchen, Herr …«

»Wilson. Liam Wilson.«

Und statt sich die Hand vor das Gesicht zu halten, saß sie nur da, spendete mir Schatten und ihr Lächeln fing dabei die seitlich reinfallenden Sonnenstrahlen des ersten Tages in Lienwoon auf, die anfänglich noch das Blut der toten Möwen zum Glänzen brachten.

Ruhe birgt Kontrolle

Der hohe Absatz ihrer Schuhe verhakte sich ständig in der ungleichmäßigen Oberfläche der Straße. Torkelnd und mit der Hilfe ihres Mannes verhinderte Frau Wilson, dass sie zu Boden fiel. Auch wenn ihr diese Gangart und das Gefühl verlorener Kontrolle über ihre Bewegung unangenehm waren, fühlte sie sich wohl. Sie behielt ein andauerndes Grinsen auf dem Gesicht bei, gab ab und an einen lauten Schrei der Trunkenheit von sich, der einer Sirene gleich durch die Straßen hallte. Das trieb ihren Mann umso mehr an, der nebenbei versuchte, unter ihren Rock zu fassen, und mit ähnlicher mangelnder Beherrschung über seine Bewegung auf der Suche nach ihrem Slip das Kleid zerriss.

Ein paar Höhenmeter über diesem leidenschaftlichen Ehepaar stand ein junger Mann mit Zigarette im Mund und grimmigem Blick am Fenster und deutete mit dem Finger nach unten.

»Dann sind das Ihre Eltern?«, fragte Gilbert, dabei aus dem Fenster spähend.

»Feste feiern sie und leben ihr Leben«, murmelte Liam ohne dabei groß die Lippen zu bewegen, damit die glühende

Zigarette nicht runterfiel.

»Lassen Sie sie doch, sie scheinen glücklich zu sein. Warum wohnen Sie nicht wieder bei ihnen?«

»Ich würde mich eher an dieser Lampe mit dem Telefonkabel aufhängen, bevor ich je wieder einen Schritt in das Haus wage.«

»Wie ich sehe, haben Sie schon mal darüber nachgedacht.«

Der Junge drehte sich um und ging in die Küche.

»Wer hat das nicht, Gilbert, wer hat das nicht.«

Er holte einen Pappbecher aus dem Schrank und befüllte ihn mit Kaffee, der noch in der Kanne vorhanden war.

»Wollen Sie auch einen?«

Gilbert machte eine ablehnende Geste mit seiner Hand und sagte: »Jetzt noch einen Kaffee? Es ist … es ist ja schon elf Uhr! Nein, danke, dann kann ich nicht mehr schlafen.«

»Das kann ich sowieso nicht. Übrigens, ich habe noch ein Kapitel geschrieben.« Liam drückte Gilbert ein paar Sekunden später die Seiten in die Hand, die er auf Anhieb anfing zu lesen.

»Schön zu lesen, dass Sie auch normale Menschen kennengelernt haben. Ich hatte schon die Befürchtung, Sie würden nach dem dicken Mann und den Möwen wieder abreisen«, bemerkte Gilbert und lehnte sich an das einzige Regal, das er vorhin im Dunkeln noch gar nicht bemerkt hatte.

Liam schenkte ihm wie so oft keine Antwort, sondern stand wieder am Fenster und trank mit zittriger Hand seinen kalten Kaffee. Gelangweilt von der Abwesenheit schaute sich der ältere Mann genauer in der Wohnung um und entdeckte ein rotes Buch im Regal, das sogleich seine Aufmerksamkeit gewann. In goldener Schrift glänzte auf dem sonst einfarbigen Einband in großen Lettern: »Daphne Du Maurier – Die großen Meistererzählungen«.

»Das ist die Lektüre, welche Sie im Zug gelesen haben«, murmelte Gilbert und schlug es währenddessen auf.

Die Seiten gruppierten sich sofort und legten ungefähr die Mitte des Buches frei, worin ein Foto steckte. Mit seiner faltigen Hand, zog er es heraus und betrachtete die spiegelnde Oberfläche im schwachen Licht der Deckenlampe. Zu erkennen war eine junge Frau mit langem schwarzem Haar und großen feuchten Augen, die eindringlich in die Kamera und damit in die Augen des Betrachters starrte. Sie schien an etwas Großem, Weißem angelehnt, im Hintergrund war deutlich ein Strand erkennbar.

»Geben Sie das her!«, zischte Liam und riss ihm das Bild aus der Hand.

»Schon gut. Tut mir leid.«

Der junge Mann seufzte und fasste Gilbert an die Schulter.

»Ist schon o. k. Ich brauch nur einfach meine Ruhe. Mein Kopf ist so unruhig. Ich habe irgendwie meine Gefühle nicht unter Kontrolle. Sie bekommen aber bald wieder etwas. Haben Sie Geduld.«

»Ruhen Sie sich einfach mal aus, mein Freund. Ruhe birgt Kontrolle!«

Geführt von Liam ging er zur Tür, öffnete diese und betrat das noch dunklere Treppenhaus. Bevor er die Treppen nach unten ging, drehte er sich noch mal um und sagte: »Sie ist hübsch, das Mädchen auf dem Foto. Freue mich bald über sie etwas zu lesen! Machen Sie es gut, Liam.«

Dann setzte er einen seiner alten Füße auf die schmutzigen Stufen und lief nach unten, jederzeit die vollständige Kontrolle über seine Bewegung besitzend.

Das Gefühl von Ankunft

Meine Schritte deutlich hörbar, folgte ich Elizabeth zu einem Pfahl, der schief im kniehohen Wasser stand und an dem das Boot festgemacht wurde. Rechts und links Sand, der eine deutliche Unruhe in mir auslöste und mich gedanklich zu den toten Vögeln brachte.

Angekommen am Boot, schwappte die mit Salz angereicherte Flüssigkeit in großen Mengen mit einer überzeugenden Kraft doch sanft wie Seidentücher an die Seite des kleinen Motorbootes. Dabei spülte das Wasser sämtlichen Sand von der Bootswand, während ich mit meinem wackeligen Fuß und eine Hand fest an Liz' Arm geklammert die Holzschale bestieg. Als ich saß, atmete ich tief, freute mich, nicht nass geworden zu sein und dennoch den Schritt auf das Meer erreicht zu haben.

»Vielen Dank, dass Sie mich mitnehmen«, wiederholte ich mich und klang dabei gar schon ein wenig nervig.

Sie lächelte wieder und holte das fransige Seil herein. »Keine Ursache. Sie sind neu hier und ich muss sowieso wieder zurück. Und sind wir mal ehrlich, Sie sind ein potenzieller Gast, warum sollte ich Sie vergraulen und den ganzen Weg durch die Stadt laufen lassen?«

Mein breites Grinsen, das aber vielmehr von der Sonneneinstrahlung erzeugt wurde, reichte ihr als Antwort und mit einem starken Ruck startete sie den Motor, der unter einem ohrenbetäubenden Geräusch das Wasser zu weißen Blasen und Spritzer zerschlug. Mit hohem Tempo ließen wir den Strand hinter uns und fuhren auf das weite Meer hinaus, das bis auf eine gerade Linie am Horizont unendlich schien und nicht von den großen Ozeanen der Welt zu unterscheiden war.

»Lienwoon liegt auf einer Halbinsel. Deswegen fahr ich immer außen rum. Außerdem habe ich kein Auto«, erklärte Liz.

»Was haben Sie denn auf der anderen Seite gemacht?«

Die von unseren Stimmbändern erzeugten Schallwellen kämpften gegen den starken Fahrtwind an und erreichten den gegenüber Sitzenden nur schwer.

»Was meinten Sie?«

Ich wiederholte meine Frage, dann verstand sie es: »Ach so, ich hab nur jemanden zum Bahnhof gebracht.«

Ich fand es äußerst interessant und gar schon spannend, dass sie das Boot wie ein Auto nutzte, und genoss anschließend einfach die nur sehr kurzweilige Fahrt, ohne sie weiter mit Fragen zu durchlöchern.

Angekommen an der Einbuchtung der Pension kletterte ich aus dem Boot und war trotz der aufregenden Fahrt auf dem Wasser wieder froh, einen festen Boden unter den Füßen zu spüren.

Das bemerkte Liz: »Sie kommen aus der Stadt, oder?«

Ich nickte nur.

»Keine Seemannsbeine. Na ja, das macht nichts. Lass uns reingehen, dann können wir das Nötige klären.«

Von außen machte das Haus einen vollkommen normalen Eindruck und wirkte vielmehr wie ein Motel als eine Pension. Die vielen Türen an der Frontseite führten nicht nur in die einzelnen Zimmer, sondern ließen denjenigen, der gerade aus einem von ihnen herauskam, gleich auf dem Parkplatz stehen. Komischerweise stand nicht ein einziges Auto dort.

Die Rezeption war ebenso unspektakulär und Liz holte gleich ein paar Zettel heraus, legte sie auf die Theke und gab mir einen stumpfen Bleistift, der es schwierig machte, in den schmalen Zeilen meine Personalien zu notieren.

Nachdem ich dann alles Nötige notiert hatte und ihr gepaart mit Scham mit dem Geld meiner Eltern einen Betrag für eine Woche gab, zeigte sie mir das Zimmer.

Wir liefen zurück auf den Hof und gingen zur mittig gelegenen Tür, die mit der Nummer acht versehen war. Sie schloss auf und bat mich als Erstes hinein.

Das Zimmer war unheimlich gemütlich eingerichtet und erfüllte mich sofort mit einem Gefühl der Wohnlichkeit. Ich war angekommen, das spürte ich.

Nach der ungewöhnlichen kalten und intensiven Nacht auf der Bank, dem dicken Mann und den toten Möwen stand ich nun vor einem großen Bett. In einem Zimmer, das mit seiner Einrichtung so normal wirkte und all das bisher Befremdliche verblassen ließ.

»Falls noch was ist, Herr Wilson, Sie finden mich draußen am Boot«, sagte sie und schreckte mich aus meinen Gedanken.

Dann lief sie davon, ihre Schritte deutlich hörbar auf dem mit weißen Steinen belegten Hof meines neuen Zuhauses.

Befreiende Leerung

Ich ging in die Hocke. Das Leder meiner Schuhe, dem Druck meiner Füße ausgesetzt, faltete sich zusammen, während ich langsam an einer Schublade zog, um meine wenigen Klamotten darin zu verstauen. Mir stieg ein vertrauter Geruch von altem Holz und Staub in die Nase, der mangelnde Änderung andeutete.

Eben noch mit eisig kaltem Wasser das Gesicht angefeuchtet, verließ ich danach, munter und bereit an dieser Welt teilzunehmen, den Raum und ward anschließend sofort geblendet von der starken Mittagssonne, die nun direkt über der Pension lag und ihre volle Kraft präsentierte. Von Weitem beobachtete ich, wie Liz mühevoll große Holzkisten aus dem Boot holte und hinter das Haus trug. Zwar war mir zunächst nicht danach, eine oberflächliche Unterhaltung zu führen, allerdings spürte ich auch ein leichtes Gefühl von Langeweile, die sich wie der Hunger unterschwellig in mir breitmachte.

»Kann ich Ihnen helfen?«, fragte ich, worauf sie in gebückter Haltung mit hochrotem Kopf zu mir hinaufschaute und mit ihrem Lächeln ihr Einverständnis klar machte.

Wir sprachen zunächst kein Wort miteinander und das war mir recht. Ich hatte ebenso zu kämpfen mit dem Gewicht der einzelnen Kisten und kam nicht drumherum, als hier und da tief Luft zu holen.

»Da sind Weinflaschen drin«, sagte sie, »für das Fest.«

»Was für ein Fest?«

»Nun, das Dorffest. Wir veranstalten das immer Ende Oktober. Für uns das Event des Jahres. Alle kommen und man feiert drüben im Gemeindesaal, in der Nähe des Leuchtturmes.«

Sie zeigte in die nördliche Richtung und nun erkannte ich zum ersten Mal die Spitze eines Leuchtturms, welche durch die davorstehenden Bäume nur schwer sichtbar war.

Nachdem wir alle Kisten im Schuppen hinter dem Haus verstaut hatten, liefen wir gemeinsam zum Halterungs-Pfahl, um das Boot reinzuholen.

Während unsere Schuhe über die weißen Kieselsteine des Hofes knirschten, fragte sie mich: »Was führt Sie eigentlich zu uns? Ich mein, wir haben hier schon lange keine Touristen mehr gesehen. Die Leute treibt es gewöhnlich weiter nördlich. Sie wissen schon, nach Sylt.«

»Das ist eine berechtigte Frage. Nun es schien mir ein normaler Ort zu sein.«

»Ja eben, das ist es auch. Hier ist nichts los und die tolle Landschaft, ich meine, die haben Sie an der ganzen Küste.«

Ich blieb stehen, blinzelte wegen der Sonne und seufzte. Liz reagierte erst einen Moment später und lief zunächst noch ein paar Schritte weiter.

»Meine Eltern sind reich. Sehr reich. Ich kann alles haben, was ich will. Doch ist das nicht normal. Ich will das nicht. Ich will einfach ein normales Leben führen. Sie wollten mich nach Amerika schicken, doch hab ich mich für hier, für Lienwoon entschieden.«

Sie murmelte darauf: »Wow, Amerika, da war ich noch nie.«

»Ich weiß, das mag vielleicht komisch klingen, doch ich habe diese Extravaganz satt. Ich möchte das alles nicht mehr.«

»Das klingt allerdings etwas komisch. Ich würde nie auf die Idee kommen, Amerika gegen das hier einzutauschen.«

Ich lachte und zeigte auf sie.

»Da sind Sie nicht die Einzige. Die meisten würden das tun. Ich aber nicht und ich bin heilfroh, hier einen halbwegs einfachen Ort gefunden zu haben. Ich mein das hier alles. Ihre Pension und diese Weinkisten. Ich musste mein ganzes Leben keine Weinkisten tragen!«

Während meine Euphorie aus mir heraussprudelte, wie der gegorene Traubensaft einer Flasche Wein, welcher nach Jahren der Lagerung endlich entweichen durfte, vergaß ich ganz und gar die merkwürdigen Ereignisse des Morgens und ließ die jetzige Situation über allem thronen. Liz stand wiederum einfach nur da, mit verschränkten Armen, ihrem gewohnt liebenswürdigen Gesichtsausdruck und beobachtete schweigend, wie ich mich zum ersten Mal in meinem Leben einem Menschen öffnete.

Sanfte Worte des Verständnisses

Sanft bohrten sich die Zinken der Gabel, die auf der Oberfläche mit Millionen kleiner Kratzer versehen war, in meine Fingerkuppen, als ich mit den Fingern vorsichtig dagegendrückte. Stumm saß ich an einem alten Holztisch und beobachtete, wie Elizabeth, wenige Meter von mir entfernt, in der Küche stand und den Fisch in der Pfanne wendete.

»Danke noch mal, dass Sie mich zum Essen eingeladen haben«, wiederholte ich nun zum zweiten Mal.

»Ach, hören Sie auf, sich ständig zu bedanken. Ich freue mich, wenn ich Gesellschaft habe. Außerdem sahen Sie hungrig aus.«

Im Laufe des Tages waren die Temperaturen rapide gesunken und umso mehr erfüllte mich nun die Wärme des Hauses mit einem Wohlbefinden, das ich bisher selten derart gespürt hatte. Ich saß einfach nur da, ließ den Duft des Essens in mich eindringen und lauschte den Wörtern von Liz, während im Hintergrund ein paar alte schwedische Lieder aus ihrer Anlage trällerten.

Einen Augenblick später kam sie mit zwei vollen Tellern zum Tisch und setzte sich gegenüber.

»Lassen Sie sich es schmecken! Es ist Barsch, frisch gefangen aus dem Nachbardorf.«

Ich nickte ihr zu und stach mit der Gabel, die einst sanft sich in meine Kuppen gebohrt hatte, in die Kartoffel und führte diese in meinen Mund.

»Wie wär es, wenn wir uns nicht mehr Siezen? Ich find das immer so anstrengend. Hier im Dorf duzt sich sowieso jeder«, schlug sie vor.

»Gute Idee.«

Danach blieb ich still und tat nicht mehr als nur zu essen und damit den ausgehungerten Magen zu stopfen.

Dann sprach sie mit leisen Worten: »Ich fand es schön, wie ehrlich du warst. Man merkte richtig, dass du aus deinem Herzen gesprochen hast.«

Unmittelbar nach ihren Worten wurde mir wärmer denn je. Doch der Fisch in meinem Mund schien noch schwerer als die Kartoffel zu sein und ein leichtes Unbehagen kam in mir auf. Ich erwartete nicht eine solche Intimität im Gespräch, das ich mit einer Person führte, die ich erst am Morgen desselben Tages kennengelernt hatte. Dennoch sah es so aus, dass ich damit angefangen hatte. Ich war derjenige von uns beiden gewesen, der sich als Erstes geöffnet hatte.

Mir wurde schlecht. Dieses Verhalten war neu an mir und schien mich genauso zu überwältigen, wie das erste Aufeinandertreffen eines kleinen Kindes mit seinem Spiegelbild. Doch wie auch hier die erste Reaktion mit einem Lächeln sein Manifest findet, formten meine Lippen eine gleichartige Bewegung und ich sagte: »Ja, ich …«

Zwar dachte ich zunächst, dass ich darauf antworten

könnte, aber meine Stimmbänder erlaubten keine weiteren Töne. So wurde das Gespräch von ihr fortgeführt: »Früher, als hier noch tagein und tagaus unzählige Menschen kamen, da lernte ich so allerlei Leute kennen. Jeder von ihnen brachte eine andere Geschichte mit. Doch bei dir, da wusste ich sofort, dass dich kein gewöhnlicher Grund nach Lienwoon gebracht hat.«

»Ich möchte aber auch nicht den Eindruck machen, dass ich ein verzweifelter junger Mann bin, der nur einer vorübergehenden Laune gefolgt ist«, erklärte ich und fragte mich im selben Moment, weshalb ich den Drang verspürt hatte, mich zu verteidigen.

»Das glaube ich auch nicht.«

»Nun, ich weiß aber selbst noch nicht, wo es endet.«

»Das wissen wir erst, wenn wir angekommen sind«, bemerkte sie und schenkte mir ein vertrautes Lächeln.

»Wahrscheinlich haben Sie, äh, hast du recht.«

»Du suchst etwas und ich hoffe, du findest es hier.«

Und während diese Worte über ihre Lippen huschten, setzte ich mich wieder aufrecht und strich behutsam mit den Fingern über die Stoffserviette, die weich und ohne Falten meiner Hand ein sanftes Polster bot.

Vergleiche der Umstände

Der Ast des Baumes krümmte sich, als das Eichhörnchen mit voller Überzeugung, geleitet von den Instinkten bis an dessen Spitze kletterte. Oben umklammerte es eine der wenigen Nüsse mit seinen kleinen krallenartigen Fingern, entwendete dann die für ihn lebensnotwendige Frucht des Baumes und setzte anschließend mit einem gezielten Sprung seine Suche fort.

»Nicht träumen, Liam, wir haben noch viel zu tun«, sagte Liz, stupste mir auf die Schulter und unterbrach mich in meiner Naturbeobachtung.

Aufgrund der Tatsache, dass sie einen Großteil der Organisation des Festes übernahm und ihre Schwester vor wenigen Tagen die Stadt verlassen musste, bot ich ihr meine Hilfe an. Mir schien es schon fast zu schön, um wahr zu sein, dass ich binnen weniger Tage in Lienwoon schon einer richtigen Beschäftigung nachgehen konnte. Zum Ausgleich dafür durfte ich kostenfrei in der Pension hausen, was den Effekt des eigenen Verdienstes nur untermauerte und mich umso mehr zufriedenstellte, da ich nicht mehr abhängig vom Geld meiner Eltern war.

Die ungewöhnlich schnelle Bindung zwischen uns, die seit dem ersten Tag bestand, setzte sich fort und kräftigte sich mit jeder einzelnen Aktion, die wir gemeinsam unternahmen.

An diesem Tag wollten wir eine Schulklasse besuchen, die eine Aufführung für das Fest geplant hatte. Dabei bot Liz an, mir die Stadt zu zeigen und mich ein bisschen rumzuführen. Und da es sich hierbei um ein eher übersichtliches Dorf handelte, konnten wir das ohne Eile zu Fuß erledigen.

Das Wetter begleitete uns mit gemischten Gefühlen und wechselte von regnerischer Aussicht bis hin zu freundlichem Sonnenschein.

Wir kamen am Marktplatz vorbei, der aus diversen kleineren Läden bestand und sich zu meiner Enttäuschung keineswegs von anderen Marktplätzen, die es in meiner Heimat gab, unterschied. So sehr ich auch bei der Erkundungstour hoffte, etwas zu sehen, das mir in den Jahren in der Blase des Reichtums nicht zu Augen gekommen war, so sehr hatte ich mich damit abzufinden, dass, wenn man Shibuya, den Times Square oder ebenso etwas Altertümliches wie den Petersplatz in Rom gesehen hatte, ein einfacher Brunnen mit kleinen Cafés und Antiquitätenläden drumherum nicht viel hergab. Und dennoch wirkte es so, dass es unter dem Mantel der Normalität seine Berechtigung hatte.

Als wir uns aber der Schule näherten, wuchs mein Interesse und das bemerkte auch Liz, die mich daraufhin fragte: »Na, schon lang her die Schule, he?«

Ich nickte nur und bereitete mich darauf vor, dass eine zusätzliche Frage folgen würde, da ich nicht wie ein normaler Mensch anfing, aus dem Nähkästchen zu plaudern.

»Wie war deine Schulzeit so?«

»Nicht besonders«, entgegnete ich ihr und stierte weiterhin, ohne meinen Blick abzuwenden, auf das Schulgebäude, dem wir uns immer weiter näherten.

Sie ließ nicht locker: »Hattest du schlimme Lehrer?«

»Ich hatte ehrlich gesagt kaum Lehrer.«

Wir blieben stehen.

»Wie muss ich das verstehen?«

»Ich wurde zu Hause unterrichtet. Privatunterricht von angeblichen Profis«, sagte ich und behielt den Klang der Worte auf einer gemeinsamen Ebene.

»Dann hattest du also auch …«

»Jap, nie wirklich viele Freunde. Damit ist man immerhin etwas flexibler.«

Da sie wie kaum ein anderer Mensch, dem ich bisher begegnet war, ein derart besonderes Feingefühl hatte, sagte sie nur: »Ich glaube, diese Zeiten sind vorbei.«

Im Anschluss sprach ich nur ein leises Dankeschön aus und lächelte von Herzen. Sie schaffte es, meine Stimmung aufzufangen, ohne dass diese in ein schwer händelbares Tief rutschte.

Ich beschloss draußen zu warten und entdeckte zu meiner Linken an einem großen Walnussbaum ein weiteres Eichhörnchen, das auf einem Ast entlangrannte. An dem hingen unzählige Nüsse, die das Tierchen zwangen, mehrmals stehen zu bleiben, sich aufgeregt mit den Klauen über das Gesicht zu fahren und damit seiner Überforderung Ausdruck zu verleihen.

Zu rasch führt nur ins Dunkle

Dampf strömte gegen seine Oberlippe, kämpfte sich durch die weißen Barthaare und drang schließlich in seine Nase. Vorsichtig formte er seine Lippen so, als würde er zu pfeifen beginnen, und pustete behutsam auf den Kaffee. Kurz darauf formten sie sich zu einem Grinsen, als er von Weitem sah, wie Liam den Zug bestieg und auf ihn zukam.

»Liam, mein Junge, ich freue mich, Sie zu sehen!«

»Guten Tag! Gute Laune, alter Mann?! Ich nehme an, ich darf dann eine rauchen?«, fragte Liam mit einer ähnlichen Freude in seinem Gesichtsausdruck.

»Ich nehme an, Sie wissen, dass Sie das nicht dürfen.«

Sie lachten und der junge Mann ließ sich mit einem erleichternden Seufzer auf den Sitz fallen.

»Ganze vier Kapitel und das doch noch so schnell! Ich gratuliere, Liam. Damals dachte ich noch, Sie würden wirklich aufhören.«

»Nun ja, das dachte ich auch. Aber gute Erinnerungen lassen sich eben besser aushalten.«

»Wie recht Sie haben. Tolle Frau diese Elizabeth«, bemerkte Gilbert und legte die Papiere beiseite.

Vor lauter Begeisterung trank er gar zu hektisch aus dem noch brühheißen Kaffee und reagierte darauf mit einem »Ah, uh, der ist noch heiß«.

Liam musste lachen und kommentierte: »Langsam, langsam Gilbert.«

Dieser tupfte sich mit einem Taschentuch den Mund ab und sprach dabei folglich etwas undeutlich: »Ich war sehr froh, als ich Ihren Umschlag im Briefkasten gesehen habe. Vor allem, was drin stand, hat mir den Tag versüßt. Sie wirkten ja wirklich glücklich.«

»Ach ja, die schönen unspektakulären Tage in Lienwoon. Dies war wirklich wie Urlaub.«

»Wie Urlaub? Sie mussten doch arbeiten.«

»Wenn Sie das ganze Leben keinen Finger krumm gemacht haben, Gilbert, dann scheint die Arbeit wie Urlaub.«

Der alte Mann strich sich über die Stirn und setzte ein nachdenkliches Gesicht auf.

»Interessante Denkweise.«

»Ich werde übrigens bei den nächsten Kapiteln ein paar Wochen überspringen.«

Aus dem nachdenklichen Blick entsprang Verwirrung und kurze Bestürzung.

»Wie meinen Sie das? Wieso überspringen Sie?«

Im Minutentakt schlug er jeweils das eine Bein über das andere und fummelte an seinem Feuerzeug rum. Gilbert erkannte, dass ihn es störte, nicht zu rauchen, aber er blieb stur und ließ keinerlei Gnade walten.

»Es ist nicht viel passiert. Ich hauste in der Pension, half Liz, wo ich konnte, und war ab und an zum Abendessen eingeladen. Wir sprachen über Gott und die Welt und ich denke, das könnte Sie etwas langweilen.«

»Aber keineswegs!«, wendete er ein.

»Dramaturgisch gesehen passt das besser, glauben Sie mir. Ich habe noch eine Menge zu erzählen.«

»Oh, da hat jemand die Dramaturgie studiert. Sind wir jetzt ein richtiger Autor und schreiben einen Roman?«

»Na ja, zumindest schreibe ich kein Tagebuch, dafür ist mir der Aufwand zu hoch. Wer weiß, was am Ende mit diesen Seiten passiert – Ihre Entscheidung, Gilbert!«

»Also zunächst machen Sie mich glücklich. Und deuten auf eine sichtbare Verbesserung Ihrer Persönlichkeit hin.«

Liam beugte ein wenig den Kopf nach vorne und schaute mit den Augen von unten mit einer gespielten Gehässigkeit herauf: »Sind wir jetzt Psychologe?«

»Na ja, zumindest gewähren Sie mir einen tiefen Einblick in Ihre Welt! Da lässt sich schon mal eben urteilen. Nun aber Vorsicht, zu rasch führt nur ins Dunkle.«

Dann trank er einen weiteren Schluck seines morgendlichen Kaffees, der durch seine verbrannte Zunge und der Kühle des eisigen Fensters nur noch kalt und geschmacklos war.

»Na, wenn Sie also so gut über meine Welt Bescheid wissen, dann wissen Sie bestimmt auch, dass dort nicht immer die Sonne scheint.«

»Sie brauchen mir vom fehlenden Sonnenschein im Leben nichts erzählen, mein Junge.«

Und beide sprachen sie ab dann kein Wort mehr und folgten mit ihren Augen nur noch in Gedanken versunken der vorbeirauschende Landschaft, die mit ihrer Farblosigkeit und Dunkelheit das baldige Ende des Herbstes ankündigte.

Zarte Füße am Strand

Das Rot durchdrang jede einzelne Faser des weißen Papiers, als ich mit einem roten Filzstift das Kästchen des heutigen Tages auf dem Kalender in Elizabeths Küche durchstrich.

»Nur noch zwei Tage bis zum Fest, Liam. Könntest du vielleicht noch die Tischdecken holen? Du kannst ja jetzt das Boot nehmen.«

Ich, der die letzten Tage oft Unterricht im Bootfahren bekommen hatte, durfte doch tatsächlich das erste Mal alleine aufs Meer hinausfahren. Aufregung, aber auch Stolz mischten sich zu einem Gefühlscocktail der Extraklasse, als ich in das Boot stieg und das Seil hereinholte. Es fühlte sich fast noch intensiver an, als wenn man das erste Mal mit dem Auto fuhr. Doch bevor ich den Motor startete, genoss ich den Moment der Ruhe. Langsam trieb ich schon vom Pfahl weg, kleine Wellen schwappten an die Seite und salzige Meeresluft kitzelte meine Nase. Wer hätte gedacht, dass ich Stadtmensch das Meer jemals so lieben würde?

Aus dem Lärm des Motors, dem zerschlagenen Wasser und dem immer stärker werdenden Fahrtwind wurde ein gemeinsames Rauschen erzeugt, das mich in eine Art Trance versetzte, während ich nur geradeaus, parallel zur Küste auf den schiefen Pfahl zufuhr, auf dem ich das erste Mal das Boot bestiegen hatte.

Allerdings wurde mein Interesse schon etwas früher geweckt, denn davor erstreckte sich das Stück Küste, das mich immer noch in den Gedanken der Ruhe heimsuchte – das Meer der toten Möwen. Aber welches Bild ich diesmal vorfand, stimmte nicht mit meinen Erinnerungen überein. Von der Ferne nur schlecht erkennbar, sah ich eine Person am Strand entlanglaufen. Unbewusst führte ich meine Hand zum Steuerknüppel des Motors, verlangsamte die Fahrt und steuerte direkt auf das Festland zu. Aus der Person wurde eine junge Frau, die sich – vom Geräusch des Bootes aufmerksam gemacht – zu mir drehte. Ihr schwarzes, zerzaustes langes Haar wehte im frischen Wind. Es hatte etwas Unheimliches an sich, denn ich bemerkte, dass all die toten Vögel immer noch auf dem sandigen Untergrund lagen, vereinzelt Federn nahe über dem Boden im Wind tanzten und sie mittendrin stand.

Der Rumpf des Bootes stieß auf den Grund und ich stieg bedacht mit einem Fuß nach dem anderen aus, den Geruch von nassem Eisen erneut wahrnehmend.

Ihre Haare spielten mit dem Wind und legten dabei ihr Gesicht frei. Ihre Augen – blau wie der Himmel, feucht wie der vom Salzwasser getränkte Boden - spiegelten meinen verwirrten und dennoch neugierigen Ausdruck wider und verleiteten den Anschein, sie würde jeden Augenblick anfangen zu weinen.

»Marcia!«, sagte sie und klang dabei paradoxerweise

ganz und gar fest entschlossen.

Ich entgegnete nur: »Liam!«

Dann drehte sie sich um und lief weiter, ohne darauffolgend noch ein Wort zu sagen. Sie trug eine dunkle Hose und einen schwarzen Pullover. Ihre zarten nackten Füße, obwohl teils mit Blut beschmiert, betraten meist gekonnt die freien Stellen, die noch nicht mit dem Tod infiziert waren, während ich, ohne es zu bemerken, mit meinen Schuhen direkt auf einem toten Vogel stand.

»Was machst du hier?«, fragte ich in der Sorge, sie würde wirklich, ohne etwas zu sagen, wieder verschwinden.

»Ich schaue mir die toten Möwen an, so wie du auch.«

»Die schaue ich mir nicht an. Momentan schaue ich nur dich an.«

Sie drehte sich wieder um und lächelte: »Das tue ich jetzt auch.«

Mir fiel nichts ein, wie ich auf ihre ebenso affektierte Antwort reagieren sollte, und blieb für ein paar Sekunden überwältigt.

Stille brach herein. Nur zu hören waren der Wind und das Rauschen des Wassers, das getrieben von der Kraft des Mondes eine immer größere Fläche des Strandes alle paar Sekunden tränkte.

»Ich … ich muss jetzt weiter«, sprach dann die Überforderung.

»O. k. Wir sehen uns, Liam«, sagte sie, zwinkerte mir zu und ging gewohnten Schrittes weiter, während ich langsam zum Boot zurücklief.

Angekommen, befeuchtete ich noch ein Papiertaschentuch, indem ich es ins Meer tunkte, um die Blutflecke von meinen Schuhen, die ich erst wenige Tage zuvor sauber gemacht hatte, zu entfernen.

Was auch immer ich in diesem Moment spürte, es war gewaltig und weitaus intensiver als das, was ich zuletzt gefühlt hatte, als ich an diesem Ort war. Der Tod, einst so stark und durchdringend, schien verdeckt und enorm an seiner Präsenz verloren zu haben.

Die Taubheit vor dem Knall

Es dröhnte und dröhnte. Hunderte von Menschen unterhielten sich, führten Gespräche, tauschten belanglosen Tratsch aus und formten mit ihren Stimmbändern ein unglaubliches Volumen an Schallwellen, die sich in der gesamten Halle ausbreiteten und jedem Einzelnen die Erinnerung an Ruhe raubten. Nur allein das eigene Schlucken konnte ich hören, während ich ein Glas Wein nach dem anderen trank.

Ich kannte dieses Phänomen zu gut. Unzählige Benefizgalas musste ich in meinen Jahren, die ich bisher auf der Erde wandelte, über mich ergehen lassen, demgegenüber aber empfand ich es diesmal als ungewöhnlich laut und störend.

Dieses Spiel der allmählichen Desillusionierung forderte mehrere Minuten, bis sich ein stattlicher Mann im höheren Alter auf die Bühne begab, die vor den drei langen Tafeln errichtet worden war, und mit seinen Fingern gegen das Mikrofon klopfte. Spätestens nach der, durch das dritte Klopfen ausgelösten, Rückkopplung verstummte der Saal und die Leute blickten verwirrt um sich, als hätten sie tatsächlich die Situation der plötzlichen Ruhe noch nie erlebt.

»Meine Damen und Herren, liebe Gemeinde! Es ist wieder so weit. Wir haben uns hier alle zusammengefunden, um den eigenen Lienwooner Feiertag zu feiern!«, verkündete der Mann, welcher sich später als Bürgermeister herausstellte.

Als Antwort klatschten alle und erlangten fast wieder denselben Pegel an Lärm, als würden sie die Stille nicht ertragen können.

Er fuhr fort: »Und wie jedes Jahr möchte ich mich herzlichst bei Elizabeth für die tolle Organisation bedanken, die sich dieses Jahr noch mal übertroffen hat!«

Und wieder das dröhnende Klatschen.

Aber diesmal duldete ich es, denn es sah wirklich schön aus, wie es geschmückt worden war, und Liz hatte das mehr als verdient. Große weiße Girlanden hingen an der Decke, mit Tüchern verschleierte Laternen standen mitten im Raum und einzelne Pflanzen erzeugten eine angenehme Atmosphäre.

Der Bürgermeister sprach weiter und redete über sämtliche spezielle Angelegenheiten Lienwoon betreffend. So sehr ich mich über meine Situation freute – alleine in dieses Dorf gekommen zu sein, hier gemeinsam mit Liz zu hocken und all diese normalen Menschen zu sehen –, so sehr fühlte ich mich unwohl. Irgendetwas stimmte nicht und hinderte mich daran, unbeschwert an der Feier teilzunehmen.

Um dem Ärger über meine Stimmung Luft zu machen, stand ich auf und ging nach draußen, wo ich nicht nur der eisigen Kälte einer Novembernacht begegnete, sondern auch ein Mädchen sah. Ein Mädchen, das ich kannte. Ein Mädchen mit dunklem Haar, angelehnt an einen Pfeiler, mit einer Zigarette im Mund und unschuldigem Blick.

»Na, schau an, wen wir da haben. Der Neue im Dorf!«, spottete sie und lief ein paar Schritte auf mich zu.

»Hallo Marcia.«

»Laut da drinnen, nicht wahr?«

Dann zwinkerte sie wieder und mir wurde auf Anhieb klar, was es war, das mich an der vollkommenen Leichtigkeit hinderte. Es war Marcia.

Marcia, die mit ihrer Präsenz etwas in mir auslöste, das sowohl angenehm als auch aufregend war und einen gewissen Stressfaktor darstellte.

Ehe ich aber etwas sagen konnte, kam eine Horde von Kindern, mit einem Mann an der Spitze, auf uns zu. Die Kleinen waren allesamt ganz still und wirkten etwas angespannt.

»Na, Herr Brenner, sind Sie bereit für Ihren großen Auftritt?«, fragte Marcia und zog dabei extrem stark an ihrer Zigarette.

Dieser nickte hektisch und sagte: »Ich bin wahrscheinlich aufgeregter als die Kinder.«

Sie gingen, fast sogar im Gleichschritt, weiter, wobei der letzte von ihnen etwas fallen ließ.

Da ich das beobachtet hatte, reagierte ich sofort und hob das kleine Stofftier, das aussah wie eine Möwe, auf und flüsterte: »Hey, Kleiner! Du hast da jemanden verloren.«

Mit großen Augen löste er sich von der Traube und kam zu mir gerannt.

»Danke«, sagte er leise.

»Keine Ursache. Viel Glück da drinnen!«

Und mit einem zufriedenen Gesicht wendete er sich von mir ab und versuchte wieder an die anderen anzuknüpfen und durch die große Türe in die Sphäre des Lärms zu gelangen.

Die Unwissenheit vor dem Knall

Langsam rutschte seine Hand von der Erhebung und sank auf den Boden. Die Flügel bedeckten seinen kompletten Körper, der sich in ähnlicher träger, intensiver Geschwindigkeit zusammenkrümmte, ehe er ganz erstarrte.

»Oh bitte, tut doch etwas! Sie wird sterben!«, schrie ein anderer Junge, der ebenfalls in ein aufwendiges Möwenkostüm gehüllt war und mit entsetztem Blick danebenstand.

Dann erschien ein großer Mann mit einem Koffer in seiner Hand und ging in die Hocke, um die kranke Möwe zu heilen.

»Ich werde schauen, was ich tun kann«, sagte der Arzt, welcher vom Lehrer verkörpert wurde.

Nach wenigen Sekunden bewegte sich der Junge, den ich zuvor sein verlorenes Kuscheltier wiedergegeben hatte, und richtete sich auf, die Flügel von ihm nach außen gestreckt.

»Sie haben es geschafft. Sie lebt!«, schrien die anderen Kinder und formten um den Verletzten einen Kreis.

»Sie machen das echt super, oder?«, flüsterte mir Liz ins Ohr und schaute dabei weiterhin gespannt auf das Schauspiel der vierten Klasse. Die anderen im Saal taten ihr gleich. Die Kinder hatten dieses Stück einstudiert, um ihrer Reaktion auf das Möwensterben, welches das Dorf nun ein zweites Mal heimgesucht hatte, Ausdruck zu verleihen. Brenner, der als Experte galt, nutzte sein Wissen, um gemeinsam mit seiner Frau dieses kleine Stück zu schreiben.

Die Leute waren begeistert und applaudierten, ohne nur einen einzigen Moment zu unterbrechen. Stolze Väter standen mit ihren Kameras und schwenkten diese beim Zusammenschlagen der Handflächen mit. Manchen Müttern kullerte sogar eine Träne herunter. Ein herzerwärmender Anblick, diesen Stolz der Eltern zu sehen. Reflexartig schaute ich nach hinten zum Eingang, wo Marcia stand und in gewohnt lockerer Haltung auch ihre Begeisterung zeigte. Es machte den Anschein, als müsste ich mir erst von ihr eine Art Genehmigung holen, um mich in die Menge der Euphorie einzureihen.

Nachdem sich die Gemeinde beruhigt hatte, beobachtete ich, wie nach wiederholtem Verbeugen der Junge mit dem Möwenkuscheltier in kurzen Schritten, vom Lehrer an die Schulter gefasst, die Bühne runter ging und zu seinen Eltern geführt wurde.

Anschließend gab es ein großes Nachtisch-Büfett und das ohrenbetäubende Getuschel baute sich wieder auf. Nur ich saß still da und schaute zu, wie der Junge, ebenfalls nichts sagend, auf den Tisch blickte und sein Stofftier streichelte.

»Mensch, Liam, wieso holst du dir nichts von diesem leckeren Kuchen?«, unterbrach Liz meine Beobachtung.

»Ich habe keinen Hunger mehr.«

»Da verpasst du aber etwas. Den besten Schokoladenkuchen findest du nur hier in Lienwoon!«, bemerkte sie und stopfte sich eine extrem gehäufte Gabel in den Mund.

Ein merkwürdiges Bild, wenn eine Frau ihrer Klasse derart primitiv wirkenden Neigungen nachging. Sie erzählte mir irgendetwas über den Lehrer und die Schulklasse, wechselte dann das Thema zum Bürgermeister, doch konnte ich mich nur allzu schwer auf ihre Worte fokussieren. Das lag nicht nur an der Schallwellenüberlastung, sondern vor allem daran, dass meine Blicke hektisch durch den Saal huschten. Mal blieben sie bei Marcia hängen, die einen Kuchen nach dem anderen aß, dann wiederum blieben sie auf den Jungen gerichtet, der immer noch einfach nur so da saß und den Anschein machte, nervös zu sein. Ich wollte gerade Liz fragen, ob sie irgendetwas von ihm wusste, da stand dieser auf und lief, sich durch die Menge der Menschen quetschend, Richtung Ausgang.

Irgendetwas, irgendein Gefühl, vielmehr sogar eine Stimme sagte mir, dass ich ihm folgen müsse, und so richtete ich mich ebenfalls auf.

»Liam, wo soll es hingehen? Holst du dir auch ein Stück? Kannst du mir dann eins mitbringen?«, fragte Liz und hielt mir ihren leeren Teller hin.

Ich schüttelte bloß den Kopf und lief los.

Nach nur wenigen Metern hörte ich hinter mir meinen Namen: »Ah, Herr Wilson, richtig?«

Ich drehte mich um und sah den Bürgermeister, der mit freundlichem Gesicht vor mir stand und mir auf die Schulter klopfte: »Ich wollte mich auch bei Ihnen bedanken. Wir kennen uns zwar noch nicht, aber dass Sie hier so tüchtig mitgeholfen haben, wissen die Gemeinde und ich sehr zu schätzen.«

»Das freut mich zu hören.«

»Wenn Sie irgendetwas brauchen oder sogar hier richtig wohnen wollen, dann kommen Sie doch mal vorbei.«

Um das Gespräch schnell zu beenden, das eigentlich nur den Sinn hatte, Lob zu erhalten, und damit normalerweise nicht solch eine schnelle Beendigung erfahren sollte, sagte ich: »Das ist wirklich nett von Ihnen, aber ich muss leider kurz raus, ich glaube, ich habe einen wichtigen Anruf erhalten.«

Ohne Widerstand empfahl sich der Bürgermeister und setzte seine Runde der Dankaussagen fort. Ich hingegen lief strammen Schrittes in Richtung Tür, in der Hoffnung, den Jungen nicht schon verloren zu haben.

Die Ruhe nach dem Knall

Dunkelheit und Kälte überall. Das Kratzen meiner Schuhe über den Asphalt und der hektische Atem, der in Form von kleinen Wolken sichtbar wurde, erzeugten einen Ton der Nervosität, den ich in dieser stillen Nacht auf dem, mit unzähligen Autos zugestellten Parkplatz mit geschärften Sinnen wahrnahm. Im fernen, schwachen Licht der Straßenlaterne sah ich einen Mann, gelehnt an ein Auto, der mir zuwinkte. Orientierungslos, wie ich es war, folgte ich der Geste und näherte mich ihm.

»Sag mal, hast du Feuer?«, fragte mich der Mann, den ich jetzt als Herrn Brenner erkannte.

»Nein, tut mir leid. Aber haben Sie einen Ihrer Schüler gesehen? Der, der die kranke Möwe gespielt hat. Ich hab gesehen, wie er hier rausgegangen ist.«

Er schüttelte den Kopf und antwortete: »Nicht dass ich wüsste. Habe ihn zuletzt bei seinen Eltern gesehen.«

Im Inneren kochte in mir eine Wut, da ausgerechnet der Lehrer nicht wusste, wo er war. Dennoch war es unheimlich dunkel und die Möglichkeit, dass der Junge unbemerkt fortgelaufen war, schien mir nicht ganz unlogisch, weshalb ich noch anmerkte: »Trotzdem, danke!«, und dann weiterging.

Meine Füße, die anders als mein Bewusstsein die volle Kontrolle über die Situation hatten und mit gezielten Bewegung angeblich die Richtung kannten, führten mich auf die große Hauptstraße. Mein Kopf drehte sich in alle Richtungen und ich suchte jede Ecke mit meinen Blicken ab.

Und dann sah ich, dank der regelmäßigen Kegel der Laternen, einen kleinen Jungen im hektischen Schritt Richtung Süden laufen.

»Hey Kleiner! Bleib mal stehen!«, schrie ich und bekam, wie ich es erwartete, leider keine Antwort. Für einen kurzen Moment spielte ich mit dem Gedanken, umzudrehen, und stellte mir die Frage, weshalb ich so eine Aktion veranstaltete. Wahrscheinlich lief er nur nach Hause – ich hatte ja nicht mal seine Eltern gefragt.

»Ich geh jetzt wieder, hörst du?«

Und dann, ich drehte gerade meinen Kopf, da sah ich ihn in einer scharfen Kurve abbiegen und die Hauptstraße verlassen. In meinen wenigen Wochen in Lienwoon hatte ich ein wenig die Örtlichkeiten studieren können und wusste genau, dass dort kein Weg vorhanden war. Also lief ich los.

Mein Atem wurde hektischer, das Herz pumpte mehr Blut in meine Muskeln und die Schuhe schlugen in schneller Abwechslung unter lauten, hallenden Geräuschen auf dem Boden auf. Die Stelle, an der ich den kleinen Jungen reinlaufen sah, war auf den ersten Blick nicht viel mehr als eine dunkle schwarze Wand, hinter der sich der weitaus düsterere Wald befand.

Meine Gedanken waren bei Weitem nicht mehr derart

aktiv, wie es im normalen Zustand der Fall ist. Die Instinkte thronten immer mehr über all meinen Handlungen, bis sie binnen eines kurzen Momentes das gedankengesteuerte Handeln vollends einstellten.

Ein lang gezogenes Hupen und anschließend schreckliches Quietschen strömte durch den ganzen Wald, umkreiste jeden einzelnen Baumstamm und umarmte schlussendlich mich, worauf ich nur stehen blieb. Ich wusste nicht, was passiert war. Ich wusste nicht, wo ich mich genau befand. Ich wusste nur eins: Ich musste dahin, wo das Geräusch herkam. Darauffolgend baute sich eine Stille auf, wie ich sie zuvor noch nie in meinem Leben wahrgenommen hatte. Nicht mal in der Nacht meiner Ankunft. Es war so ruhig, man hätte das Rotieren des Erdballs hören können.

Die Schritte wurden schneller und unkontrollierter und beinahe stürzte ich über einen großen Ast, fing mich aber noch rechtzeitig und erspähte anschließend durch das Dickicht eine glänzende Oberfläche. Dagegen gestoßen stoppte ich mich mit beiden Handflächen. Es war ein Zug.

Ein ruckartiger Blick zu meiner Rechten zeigte mir im Schwarz ein schimmerndes Licht. Bedacht und mit vorsichtigen Schritten bewegte ich mich darauf zu. Das Herz pochte stärker und stärker. Das Blut strömte in unfassbarer Geschwindigkeit durch meine Adern. Der Atem war lauter denn je. Immer größer wurde der Schimmer, immer heller die Szenerie.

Auf einmal spürte ich etwas an meinem Fuß – ein Widerstand, der mich daran hinderte, weiterzulaufen. Meine Augen erfassten eine kleine leblose Hand, die nur ansatzweise erleuchtet wurde, und wanderten anschließend entlang des Armes, bevor dieser unter dem Zug verschwand. Ich verstand in dem Augenblick sofort, was passiert war, aber ich konnte es nicht fassen. Meine Gedanken waren vernebelt und nicht in der Lage, in signifikanter Weise zu handeln.

Die Augen schier geschlossen, stolperte ich die finalen Schritte über die großen Steine bis zum Licht und fokussierte sofort einen Mann, der in seiner Wärterkleidung, kreidebleich mit weit aufgerissenen Augen, auf den Boden schaute und am ganzen Leib zitterte. Sein starrer Blick gerichtet auf die zerstückelten, in Blut getränkten und im Scheinwerfer des Zuges glänzenden Körperteile des kleinen Jungen, sein Kuscheltier befleckt neben sich liegend.

Es war einer dieser Momente.

Stadien des gebrochenen Bewusstseins

Ich blieb so lange liegen, bis ich das Gefühl meiner Gliedmaße verlor und über meinem Körper schwebte – eine Hülle meiner gebrochenen Seele. Die Momente der Schwerelosigkeit waren unantastbar und stellten das Gleichgewicht wieder her. Ich fühlte dabei nichts und ward geschützt von den Dämonen der Erinnerungen, die sonst die Gedankenwelt in Schutt und Asche legten und alle guten Dinge unterdrückten.

In den Nächten war es besonders schlimm. Unter mehrfachen Umdrehungen auf der harten Matratze kämpfte ich in meinem Inneren dagegen an. Ich versuchte es zu verhindern. Die Bilder, die Schreie, all die Dunkelheit und Kälte. Den Geruch von frischem Blut in der Nase, die verzweifelten Schreie der Eltern in den Ohren raubten mir meine Kräfte.

Zur frühen Morgenstunde, zwei Tage nach dem Vorfall, lief ich wackeligen Schrittes, nur in T-Shirt und Unterwäsche gekleidet, aus dem Zimmer und ließ die Steinchen am Untergrund sich in die Haut meiner Sohlen bohren. Im Laufe der Wochen waren hin und wieder wenige Menschen in der Pension gewesen und verweilten ein paar Nächte. Dennoch blieb ein Großteil der Zimmer leer und nur die Nummer acht wurde durchgehend genutzt und entwickelte sich für mich zu einem akzeptablen Heim.

Kein Mensch war da, der Himmel noch vom nächtlichen Schwarz geprägt. Selbst das Wasser war verschwunden und die Ebbe legte eine große Fläche frei, die sich nur zu mancher Zeit zeigte.

Blasen entwichen und die Füße sanken ein, als ich über das matschige Watt wanderte und das Meer ansteuerte.

Ich stand nun weit abseits von der Pension, versicherte mich alleine zu sein und schrie. Mein Krächzen verbreitete sich über die ebene Fläche und Überlastung suchte langsam die Stimmbänder heim.

Ich verstummte und schaute um mich. Weit und breit war nichts zu sehen. Endlose Massen an Wasser und flache Strände; in der Ferne der Leuchtturm, der immer wieder ein kühles Licht auf die Stadt warf.

Und dann schrie ich noch mal.

Ich schrie und schrie und schrie.

Der Schmerz kroch aus allen Poren und der selbst erzeugte Krach brachte die um mich herum gebildete Aura der Verzweiflung, Wut und Trauer zum Sprengen.

In Ekstase gerutscht stampfte ich weiter in das Meer hinein und spürte nicht, wie das eisige Wasser meinen Blutfluss hemmte. Gierig umschlang es nach und nach meinen Körper, bis ich voll und ganz untergetaucht war. Unter Wasser erhielt ich die Ruhe, die ich benötigte, und fühlte ein weiteres Mal, wie mein hüllengleicher Körper mein Bewusstsein verließ. Dass der Unterkühlungsprozess schon einsetzte, spürte ich nicht. Das Spiel der Emotionen blendete mich zu sehr. Und so trieb ich leblos erscheinend im Wasser, das Gesicht in die kalte Flüssigkeit gedrückt.

In meinem Kopf spielten sich wieder alte Super-8-Filme ab, die mich in einem der seltenen schönen Momente mit meinen Eltern zeigte. Ein kleiner Junge mit verstrubbeltem Haar und stark hervorstehenden Zähnen, die noch ihre end-gültige Position im Gebiss suchten und von einer festen Zahnspange zusammengehalten wurden, stand mit dem Wasserschlauch in der Hand mitten in einem wunderschö-nen Garten und wartete darauf, sein nächstes Opfer zu erwi-schen.

Im Hintergrund sprangen die Eltern des gerade mal Achtjährigen und riefen ihm allerlei Dinge zu wie: »Du kriegst uns nicht.« »Wo sind Mami und Dadi?« Er liebte dieses Spiel, wo er schnell sein musste, um seine Eltern nass zu spritzen. Wenn er schnell genug war, bekam er ein Eis – manchmal sogar zwei.

Der Film verschwamm, wurde undeutlich und die Kon-zentration meinerseits schwach. Ruckartig riss ich meinen Kopf nach oben und schnappte nach Luft. Das Bewusstsein kehrte wieder ein und folglich das Kältegefühl. Schleunigst stürzte ich aus dem Wasser und kam prustend am Rand zum Stehen.

Die Szenerie immer noch erdrückend eintönig, hielt mich in meinem Tief gefangen. Ich brach zusammen. Die

Kälte, die meine Haut leicht bläute, zehrte an meinen Kräften. Tränen liefen über mein Gesicht und mit dem letzten Bewusstsein schrie ich noch ein letztes Mal: »Warum? Warum? Das ist doch nicht normal!«

Nach Schatten kommt Licht

Zu Tropfen geformte Flüssigkeit lief ihm über die Wange und hinterließ eine salzige Schliere. Die Augen, stark mit einer glänzenden Schicht aus Tränen bedeckt, waren weit offen. Liam schaute nur aus dem Fenster und wendete sich nicht für einen Moment ab. Selbst als Gilbert direkt hinter ihm stand und mit seinen alten, schwieligen Händen über die Schulter des jungen Mannes streichelte.

»Ich verstehe nun so einiges, Liam«, flüsterte er und hoffte, damit nicht seinen labilen Freund verärgert zu haben.

»Ihre Verweigerungen weiterzuschreiben, Ihre Behauptung, es sei ein psychologischer Kraftakt dahin zurückzukehren. Ich war … es tut mir so leid, Sie wieder dorthin gebracht zu haben. Hätte ich das gewusst.«

»Wie hätten Sie es wissen können? So etwas passiert einfach nicht«, sprach Liam mit ruhigen Worten.

»Da haben Sie recht. Schwer, so etwas zu verarbeiten, geschweige denn zu begreifen.«

Der junge Mann drehte sich um und lief auf und ab. Gilberts Zunge huschte über seine Lippen, seine Überforderung mit dieser Situation deutlich erkennbar. Schließlich fragte er mit zittriger Stimme: »Soll ich wieder gehen?«

Liam schüttelte den Kopf.

»Setzten Sie sich. Ich mach einen Kaffee, oder ist Ihnen vier Uhr nachmittags zu spät?«

Zwar hatte er schon vorhin einen Kaffee getrunken und spürte zudem sein Herz rasen, dennoch war er nicht imstande eine Verweigerung auszusprechen und damit womöglich eine Enttäuschung seitens Liam zu erzeugen.

Kurz darauf saßen beide Herren am Esstisch und führten die Tassen schier synchron zu ihren Mündern.

»Wenn Sie jetzt eine Pause brauchen. Ich verstehe das«, entgegnete Gilbert Liam.

»Nein, ich werde weiterschreiben. Ich kann jetzt keine Pause machen, nicht da. Jedes Mal, wenn ich die letzten Seiten lese … ich muss weiterschreiben.«

»Hören Sie, mein Junge, ich kenn dieses Gefühl. Die Verzweiflung, die Trauer und die Wut.«

Verwundert darüber fragte er: »Ach, echt?«

»Ich glaube, wir Menschen müssen alle einmal den tiefsten Schatten unserer Welt betreten haben, andererseits werden wir das Licht niemals vollkommen schätzen können. Bekannterweise ist es so, nach Schatten kommt Licht.«

Liam lachte ein wenig und kommentierte: »Wo haben Sie das denn her?«

»Das war ja klar, dass mich der Schriftsteller nun auslacht. Das ist von mir.«

»Tut mir leid. Klingt aber gut. Schreiben Sie es doch auf!«

Der Junge lachte erneut.

»Sie sind dran mit Schreiben. Na ja, wenigstens kann ich Sie zum Lachen bringen.«

»Tja, wenigstens etwas.«

Dann kehrte eine erdrückende Stille ein. Jeder von ihnen zeigte sein Unwohlsein durch hektisches Trinken, nervöses Tippen mit den Fingern oder wiederholtes Zurechtrücken des Stuhles.

Mit dem letzten Schlürfen stand Gilbert auf und setzte der schwierigen Sache ein Ende.

»Liam, ich empfehle mich jetzt.«

»O. k. Hat mich gefreut, dass Sie gekommen sind.«

Gemeinsam gingen sie zur Tür.

»Kopf hoch. Denken Sie daran, grau sind die Wolken der Verzweiflung – gelb ist die Sonne der Freude! Vergießen Sie keine Träne mehr.«

»Jetzt hören Sie aber auf.«

Mit seinem letzten Wort schloss die Tür, ging zum Fenster und beobachtete, wie der alte Mann mit dem Mantel über dem Kopf durch den Regen hüpfte, während die Tropfen an der Scheibe der Schwerkraft zum Opfer fielen und unfreiwillig über die glatte Oberfläche nach unten rutschten.

Andersartigkeit der Ventile

Rote kleine Äderchen umkreisten einer Schlange gleich meine Iris. Die dünne Haut um meine Augen gerötet, der Juckreiz vom übrigen Salz unerträglich. Die Kehle war ausgetrocknet, die Stimmbänder gereizt.

Es klopfte an der Tür, erschrocken fuhr ich zusammen. Ich benötigte einen kurzen Moment, bevor ich in der Lage war, mich in Bewegung zu setzen und die Tür zu öffnen. Elizabeth stand mit einer Kanne in der Hand, angelehnt an den Holzrahmen, wo sich durch die Gewalt der Jahre die Lackbeschichtung allmählich abblätterte, und grinste mich verkrampft an, als sie fragte: »Eine Tasse Tee?«

»Komm rein«, sagte ich leise und setzte mich an den kleinen Tisch, der mehr als zwei Personen nicht vertragen konnte.

Während sie mit zittriger Hand den Tee einschenkte, stellte sie mir die standardisierte Frage: »Wie geht es dir?«

»Na ja, es geht. Die wenigen hellen Augenblicke am Tag sind kurz, die dunkle Nacht ist lang.«

»Oh Liam.«

»Wie geht es *dir*?«

Nervös strich sie sich über den Arm und führte mehrmals die Tasse zu ihrem Mund.

»Mir geht es so weit gut. Ich meine, ich ertappe mich ständig dabei, wie ich an den Jungen denke, aber irgendwie komme ich klar.«

»Du warst ja auch nicht dabei.«

Ich seufzte.

»Hast ja auch nicht sein Blut gerochen, seinen zerfetzten Körper gesehen. Du hörst auch nicht in Gedanken dieses Quietschen. Dieses unerträgliche Quietschen des Zuges, als er zu bremsen versuchte.«

Mit weit aufgerissenen Augen, die Hände fest die Tasse umklammernd wurde sie wieder Zeuge, wie ich mich erneut ihr gegenüber öffnete und zum ersten Mal die unerträglichen Bilder in meinem Kopf in Worte fasste.

»Das war sicherlich schrecklich. Es tut mir leid, dass du das sehen musstest.«

In ihrer Stimme vernahm ich einen wohltuenden Ton, dessen Absicht es war, mich zu trösten.

»Ja, das tut es mir auch. Hat man noch irgendetwas von den Eltern gehört?«

Sie erklärte: »Nein. Ihr Haus scheint verlassen, ich glaube, sie sind für ein paar Tage verreist.«

Ich nickte nur lautlos. Danach schwiegen wir uns für die nächsten Minuten an, genossen unsere jeweilige Gesellschaft und starrten gedankenversunken in die Gegend.

»Danke, Elizabeth. Danke für das hier«, sagte ich, mein Blick dabei direkt auf ihre Augen gerichtet, die diesen erwiderten und nervös mit den Lidern zuckten.

»Keine Ursache, Liam. Ich muss jetzt aber gehen. Wenn du irgendetwas brauchst, du weißt, wo du mich findest.«

»O. k.«, murmelte ich.

Und bevor sie durch den Rahmen der Zimmertür lief, drehte sie sich noch mal um und sprach in ihrer sanften Art: »Geh raus. Genieße die frische Luft da draußen. Ich kann es nicht sehen, wie du hier drin in Trauer versinkst. Mach irgendwas und mach es gut.«

Just als ich dann dabei war, die Türe zu schließen, sah ich mehrere Meter entfernt, am Ende des Hofes ein Mädchen stehen, das mit ihrem schwarzen Haar, nachdem Liz außer Sichtweite war, auf mich zukam. Sie sprach kein Wort, bis sie direkt vor mir stand.

»Na, Liam. Wie geht's dir?«

»Beschissen.«

Ohne mich zu fragen, trat sie ein und musterte mit neugierigem, aber auch kritischem Gesichtsausdruck mein Zimmer.

»Gemütlich hast du es hier. Bist du ein Serienkiller?«, fragte sie und lächelte ein wenig.

»Ähm, nein? Wieso das denn?«

»Na ja, ein einsamer Typ wohnt in einem verlassenen Motel. Schon geduscht?«

Auch wenn mir ihre Anspielung geläufig war, dominierte dennoch mal wieder die, ihr gegenüber aufkommende, Überforderung und ich konnte nicht darauf eingehen: »Und bei dir ist alles klar, ich mein, was treibt dich hierher?«

Wenige Schritte genügten ihr und sie stand derart dicht vor mir, dass sich ihre Brüste gegen mich drückten. Ich wusste nicht, was ich von dieser Geste halten sollte, aber mit jedem ihrer zugleich warmen und kalten Atemzüge verlor ich die Last meiner Verzweiflung und fühlte mich leichter.

»Ich wollte nur schauen, ob du dich schon umgebracht hast.«

Dann zwinkerte sie, indem sie blitzartig mit dem rechten Lid ihr großes feuchtes Auge, das ebenso mit unzähligen roten Äderchen bedeckt war, für einen Moment der Sekunde bedeckte und anschließend wieder sichtbar machte.

Größe legitimiert nicht zu allen Taten

Der Abstand der Streifen wurde von Meter zu Meter dünner, je mehr das riesige Konstrukt in die Höhe ragte und oben mit der gläsernen Spitze die Küste vor Lienwoon bewachte. Mein Nacken schmerzte, als ich mit den Augen daran entlangwanderte und oben ankam.

»Faszinierend so ein Leuchtturm«, bemerkte ich und lockerte danach meine Haltung.

»Auch wenn du ihn jeden Tag siehst, gewöhnst du dich nie daran. Lass uns weiterlaufen. Das Stück Strand da unten ist das schönste von allen.«

Und so übernahm ich, wie zu oft hier in Lienwoon, die Rolle des nichts wissenden Touristen ein und folgte Marcia, die im Gegensatz zur mir eine Daunenjacke trug und gegen den eisigen Wind des Novembers gewappnet war.

»Was machst du eigentlich hier?«, fragte sie mich, als wir schon ein paar Meter auf dem angefrorenen Untergrund gelaufen waren.

»Nun, das ist eine gute Frage. Mittlerweile weiß ich es selbst nicht mehr so genau. Ich wollte eigentlich nur weg von zu Hause und dahin, wo es normal ist.«

»Wo es normal ist? O. k., das klingt nicht normal«, kicherte sie und schüttelte dabei ihr Haar.

»Ich wohnte in einem riesigen Haus mitten in München, mit einem Garten, der so groß ist wie der Strand hier. Wir haben sogar eine Haushälterin!«, erzählte ich und merkte dabei, wie abgedroschen das klang.

»Krass und du gibst das alles auf? Für das hier?«

Mich wunderte es nicht, dass ihre Reaktion mit der von Liz etwas gemein hatte – wer würde so nicht reagieren?

»Ich war es so leid. Ist es zu viel verlangt, ein normales Leben zu wollen?«

»Ganz und gar nicht. Nur scheinst du ja nicht viel Erfolg zu haben.«

Und dann riss sie wieder die Wunde auf, im Hinterkopf die Schreie und das Quietschen. Schnelle Bilder von blutbefleckten Schienen und dem entsetzten Blick des Zugführers huschten vor meinen Augen. Ich blieb stehen und fing an zu zittern.

»He, alles klar?«, fragte sie und sah zum ersten Mal in meiner Gegenwart besorgt aus.

»Ja ja, alles o. k., es geht schon wieder.«

Mein Zittern wurde stärker, die Kälte kitzelte meinen ganzen Körper, der ihr durch die leichte Bekleidung schutzlos ausgesetzt war.

»Meine Fresse, du bist ja am verrecken!«, sprach sie, zog ihre Jacke aus und legte sie um mich.

»Ab...«, versuchte ich einzuwenden, sie unterbrach mich.

»Komm mir jetzt bloß nicht mit männlichem Stolz und

Kavalierskram, von wegen ich sollte die Jacke tragen, da ich das Mädchen bin. Nix da, du bist derjenige, der hier fast draufgeht.«

Von ihrer netten Ansprache entzückt, grinste ich ein wenig und schielte anschließend unfreiwillig auf ihren Busen. Ihre Brustwarzen, die durch die Kälte auf Anhieb hart wurden, drückten sich, als sie sich streckte, gegen das T-Shirt und vermittelten mir nicht nur erotische Reize, sondern ein schlechtes Gewissen, da sie nun diejenige war, die fror.

Als wir weiterliefen, erzählte ich ihr: »Weißt du, meine Mutter wollte immer, dass ich meine warme Jacke anziehe, aber ich hab es jedes Mal vergessen. Wirklich, sie hat mich regelrecht damit genervt!«

Ich erspähte zwischen ihren Haaren, die im Wind hin und wieder ihr Gesicht bedeckten, ein leichtes Lächeln.

»Also hasst du deine Eltern auch?«

»Wie kommst du darauf?«

»Die Flucht von daheim, die Jacken-Sache, dein Blick, wenn du über sie redest. Man braucht nicht viel im Leben zu checken, um zu sehen, dass du nicht viel für sie übrig hast«, bemerkte sie mit überzeugender Stimme.

»Nun, ich hab nicht viel mit ihnen gemeinsam. Du sagtest, dass ich *auch* meine Eltern hassen würde. Was ist mit dir?«

Ohne zu zögern, antwortete sie trocken: »Meine Mutter ist 'ne Trinkerin und mein Vater vergewaltigt mich täglich.«

Ich blieb stehen und schaute tief in ihre Augen, die wieder derart feucht waren, als müsste sie weinen.

»Das ... das tut mir leid.«

»Nein, ganz so schlimm ist es nicht. Sie sind tot, weißt du, und das schon eine ganze Weile. Sie haben mich schon relativ früh im Stich gelassen.«

Auch wenn das erste Mitleid mehr eine Reaktion aus Reflex war, umso mehr bedauerte ich jetzt, dies zu hören.

»Oh Mensch, Marcia, das wusste ich nicht … das …«

»Tut dir leid. Ich weiß und ich danke dir dafür. Nun aber genug dunkle Wolken umhergeschoben.«

Und dann ward ihr Rücken erleuchtet vom weitreichenden Scheinwerfer des gestreiften Turms, der in der Ferne auf den Einbruch der Dunkelheit reagierte.

Beruhigendes Klopfen

Ein lauter Knall, dann ein dumpfer Schlag und anschließend ein Klatschen ertönten alle paar Sekunden und unterbrachen gar schon auf provozierende Art und Weise die Stille, die wie eine dichte Rauchwolke im Raum schwirrte. Ich lag auf dem Bett und warf einen kleinen Ball aus Gummi, den ich unter der Nachttischkommode gefunden hatte, gegen die Wand. Dieser schlug erst auf dem Teppich auf und landete schließlich in meiner Hand. Es irritierte mich derweilen, da ich oftmals glaubte, jemand hätte an der Tür geklopft. Trotzdem verschaffte mir dieses Spiel Beruhigung.

Die erste Phase der unkontrollierten Verzweiflung hatte ich überwunden. Es war nun exakt eine Woche vergangen, seitdem der Junge seine letzten Minuten auf dieser Erde erlebt hatte. Die Minuten, in denen ich ihm in der eisigen Nacht des Lienwooner Festes gefolgt war, und anschließend derjenige war, der seinen Eltern die entsetzliche Nachricht mitteilte. Bis heute kann sich mein Empfinden nicht entscheiden, was von beiden Ereignissen schlimmer war. Das Bild des verstümmelten Körpers oder das Zusammenbrechen der Mutter, die in diesem Augenblick ein Teil ihres

Lebens verlor und in ein tiefes Loch fiel.

Die vielen Spaziergänge mit Marcia, welche zu einer täglichen Sache wurden, halfen mir ungemein, mein Verständnis und Bewusstsein zu ordnen und wieder klar denken zu können. Und so fing ich an, die Dinge in einem anderen Licht zu betrachten. Fragen häuften sich und ich grübelte bis spät in die Nacht hinein. Mir wollte es nicht klar werden, wieso der Junge alleine durch die Gegend gelaufen war und einfach so das Fest verlassen hatte. Mir wollte nicht klar werden, warum er sterben musste, und vor allem, wer es getan hatte – das war die entscheidende Frage, die sich wie ein Parasit in mir einnistete und nicht mehr verschwand. Die örtliche Polizei, dir mir noch in derselben Nacht den allerletzten Funken Verstand raubte und mich begierig ausfragte, ging schlussendlich von einem Selbstmord aus. Dass es ein einfacher Unfall gewesen sein könnte, wurde aufgrund der Beschreibungen des Zugführers und der geringen Wahrscheinlichkeit ausgeschlossen. Ein Mord kam komischerweise für sie erst gar nicht infrage, da keinerlei Anzeichen von äußerem Einfluss gesichtet wurden. Trotz allem schien mir der Entschluss mehr als unmöglich und wurde von dem Parasiten in meinem Kopf jedes Mal aufs Neue unterdrückt und verjagt.

In meiner Welt war es nicht normal, dass sich ein zehnjähriger Junge das Leben nehmen würde. In welcher Welt von welcher Person sollte so etwas schon normal sein?

Das Klopfen an der Tür unterbrach mein Grübeln. Unter einem leichten Stöhnen richtete ich mich auf und lief mit wackeliger Haltung zum Eingang und öffnete sie. Zu meiner

Verwunderung stand Marcia vor mir. Gerade zu einer solch späten Zeit, wo es nur noch eine Stunde bis Mitternacht war, erwartete ich höchstens Liz.

»Hey! Was ist denn los?«, fragte ich, denn sie schnaufte und wirkte leicht gehetzt.

»Kann ich reinkommen?«

»Klar, du fragst doch sonst nicht.«

Im schnellen Gang stürmte sie rein, setzte sich aufs Bett und fuhr anschließend mit den Händen über ihr Gesicht.

»Oh man«, seufzte sie.

»Was ist denn?«

Ich setzte mich neben sie.

»Sie sind wieder da.«

»Wer?«

»Die Eltern des Jungen. Sie waren oben in Schweden und haben ihn beigesetzt.«

»In Schweden?«

»Na ja, sie wohnen erst seit zwei Jahren hier. Sie kommen eigentlich irgendwo aus Skåne. Sie sind nun wieder da und die Mutter ... ich konnte es nicht mehr hören. Das Weinen, es ist so laut.«

»Moment mal, ganz ruhig. Du wohnst im gleichen Haus, wie der Junge gewohnt hat?«

Sie nickte mit einem ganz und gar unschuldigen Blick, die Verzweiflung sichtbar.

»Es ist das Haus am Rand des Dorfes. Das alte mit dem kaputten Zaun.«

Und da schlug mir jemand in den Bauch. Eine unsichtbare Gewalt schnürte mir den Magen zu. Sie brauchte gar nicht mehr zu schildern, es war mir klar. Dies war das Haus, das ich bei meiner Ankunft in äußerst unheimlicher Weise als Erstes in Lienwoon gesichtet hatte.

»Wieso musste der kleine Stellan nur sterben. Ich verstehe das einfach nicht. Wer tut denn so was?«, schluchzte sie und zum ersten Mal sah sie nicht nur so aus, sondern es kullerten ihr wirklich ein paar schwere Tränen über die Wangen und ihre Augen begannen sich zu röten.

»Du bist also auch nicht der Meinung, dass er sich umgebracht hat?«, fragte ich vorsichtig.

»Umgebracht? Er ist doch noch ein Kind! Welches Kind nimmt sich denn das Leben?«

Unmittelbar danach mehrten sich die Tränen. Langsam legte ich meine Arme um sie, in der Hoffnung, die Wärme und das Klopfen meines Herzens würden sie trösten und beruhigen.

Die Spannung des Lebens

Fest umklammerte er den kalten Türgriff. Die Gelenke färbten sich weiß, drückten das Blut beiseite und er fügte mehr Kraft hinzu, bis er das erleichternde Klacken hörte, das ihn aufatmen ließ. Er hob die Tasche auf und ging im ungleichmäßigen Schritt die Treppen runter, durch die Haustür, über den gepflasterten Weg und bog auf dem Bordstein nach rechts ab.

»He, warten Sie mal!«, sagte eine ihm bekannte Stimme und Liam machte eine abrupte Bremsung.

»Gilbert! Das ist ja ein Zufall!«

»Na ja, so ein Zufall ist es nicht. Ich wollte Sie gerade besuchen gehen«, entgegnete ihm der Alte.

»Nun, ich bin aber gerade auf dem Weg in den Waschsalon. Sie können mich ja begleiten. Arg viel mehr Möbel als die habe ich auch nicht. Ist gleich hier um die Ecke.«

Mit einem verständnisvollen Nicken kommentierte Gilbert: »Wollen Sie sich reinwaschen?«

Ein leicht überraschter Gesichtsausdruck seitens Liam und ein gar auffälliges »Was reden Sie denn da? Sind wir heute lustig?«

»Sie haben damit angefangen lustig zu sein.«

»Schon gut«, sagte Liam und klopfte ihm auf die Schulter, worauf ihm auf einmal etwas auffiel, das er so noch nie in dieser Intensität bemerkt hatte – mit Gilbert hatte er einen, zwar über vierzig Jahre älteren, Freund gewonnen. Aber irgendwie war es viel mehr als nur ein Freund. Er konnte nur keine Bezeichnung dafür finden.

Am Waschsalon angekommen erwartete sie ein leerer, warmer dennoch stickiger Raum, der nur einen Gang mit alten abgetretenen Fliesen bildete, an dem seitlich mehrere Maschinen aufgereiht waren.

»Äußerst stilvoll.«

»Jetzt seien Sie nicht so anspruchsvoll, Gilbert!«

Routiniert versorgte Liam seine Wäsche.

»Das, was Sie da geschrieben haben … das war sehr intim«, sagte Gilbert mit immer leiser werdender Stimme.

»Finden Sie, he?«

»Erschreckend, was so ein Ereignis mit einem machen kann.«

»Da macht man was durch«, murmelte der Junge und war abgelenkt von der Bedienung der Maschine.

»Sie haben nicht zufällig ein bisschen Kleingeld?«

Nachdem die Maschinen dank der großzügigen Spende von Gilbert liefen, hockten sie sich an den Klapptisch und führten ihre holprige Unterhaltung fort. Draußen war die Dämmerung schon in ihrem vollen Element und warf rötliche Sonnenstrahlen durch die große Scheibe, die wie ein Kaufhausfenster der Sicht nach draußen unentwegt freien

Lauf ließ. Liam saß halb angestrahlt, mit der anderen Hälfte im Schatten und überschlagenen Beinen und machte einen nervösen Eindruck.

»Was meinen Sie, Gilbert, nachdem Sie nun den Vorgang meiner gebrochenen Seele gelesen haben und mitbekommen haben, dass selbst so ein toughes Mädchen wie Marcia …«

»Die übrigens etwas speziell, aber durchaus auch reizvoll ist, ja nennen wir es reizend auf spezielle Art – aber fahren Sie fort«, unterbrach er mit zuckender Zunge.

»Ich meine, dass selbst so jemand wie Sie daran verzweifelt. Was denken Sie, finden Sie es normal, dass sich ein Junge in diesem Alter das Leben nimmt?«

»Nun ja, normal ist so etwas sicherlich nicht. Ich kenne ja nicht die Umstände, in denen er gelebt hat. Sicher, dass es kein Unfall war?«

Und wieder spielte seine Zunge das nervöse Spiel und befeuchtete dabei die Lippen.

»Sicher. Da erfahren Sie später noch etwas. Ich wusste damals nicht, was ich genau glauben sollte, und verließ mich auf meinen Verstand«, erklärte der Junge und schaute nachdenklich auf seine linke Hand, die behutsam über seine Rechte fuhr.

»Hören Sie, mein junger Freund. Es kommt nicht darauf an, was man glauben sollte, entscheidend ist die Überzeugung. Diese ist es, was uns bei unseren Taten antreibt!«

»Aber was, Gilbert, was ist, wenn wir uns für die falschen Dinge überzeugen?«

Beide beugten sie sich nach vorne, ihre Köpfe in geringem Abstand zueinander. Liam blickte tief in die Augen des alten Mannes, dessen Gesicht von der Zeit geprägt mit diversen Falten und schneeweißem Bart verziert war.

»Das ist das, was es so aufregend macht. Die Spannung des Lebens, Liam. Wir können nie sagen, ob unsere Taten die richtigen sind. Doch ob sie es sind, das finden wir nur heraus, wenn wir es tun.«

Mit dem letzten Wort ertönte ein Klacken im Hintergrund. Die Meldung über das Ende des Waschprogramms schien für beide Seiten eine Erleichterung höheren Grades zu sein und im gleichen Atemzug seufzten sie und verloren ihre einst so steife Haltung.

Qualm der Klarheit

Ein heller Streifen verlieh dem Nebel einen Schein. In langsamen Zügen tänzelte er durch die Luft und strebte den Weg zum höchstmöglichen Punkt im Raum an. Ich beobachtete den Dampf, wie er unter der Tür hervorquoll und die Luftfeuchtigkeit erhöhte.

Marcia nahm, nachdem sie auf dem Weg zu mir von einer Laune des Wetters überrascht worden war, eine heiße Dusche.

Derweil saß ich einfach nur still auf dem Bett, lauschte dem Plätschern und stellte mir vor, wie das Wasser von oben auf sie herabfiel, entlang ihres Körpers wanderte, ihre Oberweite streifte und abschließend in ihrem Schoß zu einer Masse zusammenfloss.

»Oh, das tat verdammt noch mal gut!«, posaunte sie regelrecht und riss die Badezimmertür auf.

Mitten in einer dichten Wolke aus Wasserdampf stand sie da – mit einem Handtuch um die Brust gewickelt, das wie eine Art Kleid den Rest ihrer Erscheinung verdeckte. Dann lief sie bis ans Ende des Zimmers und setzte sich an den Tisch. Ich folgte ihr.

»Marcia, was ich dir gestern Abend noch sagen wollte …«

Sie fuhr sich durch das nasse Haar, das vom Gewicht der Feuchtigkeit, statt wild und unkontrolliert, gezähmt schien.

»Was, Liam?«

»Ich finde es gut, dass du auch so denkst.«

»Dass ich auch so denke?«

»Dass du auch denkst, dass der Junge, du weißt schon, getötet wurde und es kein Selbstmord war.«

Daraufhin seufzte sie.

»Na klar, ist ja auch das einzig Logische. Ich kann es nicht glauben, dass für die Bullen der Fall nach einer guten Woche schon fast vom Tisch ist! Ich kann ihnen zwar rechtgeben, dass es sicher kein Unfall war, denn den Zug bemerkt man!«

Marcia stand auf und lief zu ihrer Hose, die wie ein nasser Lumpen an dem Kleiderständer hing, und holte etwas heraus, was ich im gedimmten Licht des Zimmers schlecht erkennen konnte.

Mit einem prüfenden Blick an die Decke murmelte sie nebenher: »Ah, weißt, da bekomme ich wieder eine Wut. Du nicht auch, Liam?«

»Doch«, sagte ich kühl und klang alles andere als überzeugend.

In mir brodelte es, aber ich war selten der Typ Mensch gewesen, welcher seinen Emotionen anderen gegenüber freien Lauf ließ. Die elitäre Schule meines dekadenten Lebens hatte mir das in allen Facetten beigebracht oder eher gesagt ausgetrieben.

»So, kein Rauchmelder hier drin. Willst du auch eine?«, fragte Marcia und zog eine Zigarette aus der nun erkennbaren Schachtel.

»Sie ist ein bisschen feucht, aber so was stört euch Kerle ja nicht.«

»Du, ich weiß nicht, hier drin?«

»Sei nicht so ein Weichei.«

Sie zeigte mir ihr Zwinkern. Ich nickte und hielt ihr meine Hand entgegen.

Das erste Mal in meinem Leben eine Zigarette in der Hand gehabt, entstand die Verwunderung über die Leichtigkeit, die einer Feder gleichkam und eine Verharmlosung mit sich zog.

»Dann komm mal her«, murmelte sie, beugte sich über den Tisch, hielt ihre glühende Spitze an meine und sofort spürte ich am Ende meines Rachens die Wärme in mich einströmen, die mit Rauch verbunden eine Überreizung auslöste.

Ich hustete. Marcia lachte.

In lockerer Haltung, die eine Hand fest an das Handtuch gedrückt, mit der anderen in einem geübten Fingerspiel das Tabakbündel haltend, sah sie mich eindringlich an.

»So sehr deine Augen in den ersten Tagen gerötet waren, gehe ich von davon aus, dass du gleich zustimmen wirst.«

Mit hochgezogenen Brauen und leichtem Grinsen fragte ich: »Und das wäre?«

»Wir nehmen das selbst in die Hand.«

»Du meinst, wir spielen Privatdetektive? Findest du das nicht ein bisschen albern?«

Mit ihrer bekannten überzeugenden Stimmlage widersprach sie mir: »Nein, finde ich nicht. Wir wissen fast nichts über den Vorfall. Nur deine Sicht. Wir sollten die Leute befragen, die indirekte Zeugen waren. Irgendetwas muss doch darauf hinführen, dass wir recht haben. Wollen wir nicht endlich die fehlende Normalität wieder aufbauen?«

Sie brauchte nicht mehr zu sagen – mir war es klar. Ein starker Zug an der Zigarette, der ohne einen Hustenreiz auszulösen durch meine Luftröhre in die Lunge gelangte und das Wahrnehmen eines verführerischen Zwinkerns, manifestierte meinen sich schnell entwickelten Willen, dieses Vorhaben umzusetzen.

Meinungen und ihre Facetten

Ich visierte den Fleck an der Scheibe an und der Hintergrund geriet immer mehr in die Unschärfe. Von meinem Standpunkt aus verdeckte der kreisrunde Brandfleck an der Plexiglasscheibe, die am Ende des Bahnhofs, hängende Uhr und raubte mir die Kenntnis über die Uhrzeit.

»Dieser Glaskasten bringt gar nichts. Hier ist es genauso kalt«, bemerkte ich nach einer Weile und hatte schon die Befürchtung, dass Marcia, die ohne mit der Wimper zu zucken neben mir stand, mir gleich ihre Jacke anbieten würde.

Zu meiner Erleichterung und zugleich Verwunderung fiel mir auf, dass sie nicht mal eine trug. Als Einzige warteten wir auf dem verlassenen Bahnhof darauf, dass der Zug einfuhr und wir hoffentlich auf den Zugführer, der ebenfalls vom Ereignis der Grausamkeit geprägt war, treffen würden.

Schweigende Minuten vergingen und unser Vorhaben nahm seinen Lauf. Als wären wir einfache Passagiere, die nur aus rein harmlosen Gründen die Stadt verlassen wollten, stiegen wir in den vordersten Wagen ein und liefen unentwegt bis an die Spitze. Synchron klopften wir gegen die Tür der Fahrerkabine und sie öffnete sich. Mit der Betrachtung allein wurde mir erneut in den Bauch geschlagen.

Das mitleiderregende Erscheinungsbild des Mannes, der ohne Zweifel die gesuchte Person war, rief im Bruchteil von Sekunden die schlimmsten aller Erinnerungen in den primären Bereich meiner Gedanken. Ihm schien dasselbe zu widerfahren. Da beide männlichen Figuren dieses schwierigen Spiels unfähig, sprach Marcia: »Wir müssen mit Ihnen reden. Keine Sorge, wir wollen nur Informationen.«

»Ich … ich … lasst mich … erst mal … ja … so … einen Moment«, stammelte er und bewegte aufgeregt die Hände über dem Steuerpult hin und her.

»Wir wollen nichts Böses. Nur reden!«, wiederholte sie.

Der Zug setzte sich in Bewegung und die Hände des kleinen, dicken Mannes beruhigten sich.

»Wollt ihr allen Ernstes mich das noch mal durchleben lassen? Hier auf der Stelle?«

Um womöglich überzeugender zu wirken, sagte ich diesmal: »Ich weiß, wie schwer das ist, aber wir sind der Meinung, dass der Junge sich nicht einfach das Leben genommen hat.«

Hektisch zuckte sein Kopf, der auf dem dicken Hals wenig agil wirkte, in meine Richtung.

»Wie kommt ihr denn da drauf?«

»Schon mal gehört, dass sich ein Zehnjähriger das Leben genommen hat? Klingt nicht gerade glaubwürdig, he?«

Der Wärter hielt kurz inne, drückte die Lippen fest zusammen und richtete seinen Blick wieder auf die Schienen, die wie zwei sich jeweils Schlangen nebeneinander den

Weg vorgaben, bevor er mit einem monotonen Klang in seiner sonst hohen Stimme das Geschehen der Nacht schilderte: »Es war meine letzte Fahrt, die Nacht war klar und den ganzen Tag über hatten wir im Umkreis keine Störungen. Mit den Gedanken schon beim Ende meiner Schicht steuerte ich den Bahnhof von Lienwoon an. Mein Gott, es war so furchtbar. Ich sah ihn auf einmal auf den Schienen stehen. Er blieb ganz ruhig und bewegte sich nicht. Ich fing sofort an zu bremsen. Sonst war da nichts. Wirklich.«

Er hielt kurz inne und fuhr fort: »Dann bin ich ausgestiegen, oh man, meine Knie waren so weich, ich konnte schier nicht laufen. Und dann sah ich es, dieses viele Blut. Es war überall. Ja und dann kamst du!«

Seine Finger auf mich gerichtet, die Aufmerksamkeit in mir geweckt, trafen sich unsere Augen, die jeweils mit einer feuchten, salzigen Schicht bedeckt waren.

»O. k., das reicht. Wir gehen wieder«, sagte Marcia auf einmal, packte mich am Arm und wir verließen die Kabine – den armen Mann mit seinen kräfteraubenden Gedanken allein gelassen.

Wir sprachen kein Wort zueinander, bis wir am nächsten Bahnhof, der der dritte nach Lienwoon war, ausgestiegen waren und mit einer wahrnehmbaren Lautstärke die kühle Luft in unsere Lungen drückten.

»Der Mann weiß nichts. Das bringt nichts.«

»Schön, dass du das so schnell entschieden hast«, kritisierte ich mit angespannten Gesichtszügen.

Sie erklärte und holte nebenher zwei Zigaretten aus der

Tasche, wovon sie eine mir gab: »He, er war von Anfang an der Meinung, dass es Selbstmord war. Aber ich glaube, dass der Junge gezwungen wurde. Wieso sollte er sich einfach so auf die Schienen stellen? Oder? Der Mann ist so kaputt, in seinem Trümmerfeld von Gedanken wirst du da nichts anderes als Antwort bekommen.«

»Dann bleibt also nur noch der Lehrer.«

»Ja, mal schauen, ob der sich vor der Wahrheit schützen kann.«

Und beide standen wir da, die glühenden Bündel Tabak zwischen den Fingern, während der Rauch jeweils parallel schlängelnd an uns hinaufstieg und die Sicht auf das, was vor uns lag, trübte.

Nebenbei die Überwältigung

Einst flach und mit nur minimalen Unebenheiten versehen, verwandelte sich die Fläche in ein Gebirge aus lauter gleichgroßen Wölbungen und löste tief unter der Oberfläche ein Gefühl der Überwältigung aus, als ich das Gebäude betrat.

An den Wänden hingen Zeichnungen und Bilder, die mit farbigen, kleinen Handabdrücken verziert waren. Im selben Rhythmus hallten unsere Schritte durch den Gang und ganz eingenommen von der Umgebung blieb ich still und überließ Marcia das kommentierende Murmeln: »Irgendwo muss es doch sein. Wo war das noch mal?«

Wir liefen wie in einem Labyrinth durch endlose Korridore, streiften diverse Türen und das Licht wurde immer gedämpfter.

Ohne es zunächst zu bemerken, blieb sie stehen und sagte schließlich: »Hier ist es. Still sind sie, die kleinen Kinder.«

In der Tat vernahm man nur ein undeutliches Tuscheln, das keineswegs lauter wurde, als wir den Raum betraten. Augenblicklich richteten sich alle Augen der Kleinen auf uns. Der Lehrer, mit der einen Hälfte seines Gesäßes auf dem Pult sitzend, legte den Finger auf den Mund und machte anschließend bemerkbar, dass er uns draußen sprechen wollte.

Bedacht und mit einem letzten nervösen Ausdruck schloss er die Tür und sprach: »Marcia, was wollt ihr denn hier?«

»Brenner, wir müssen reden«, kam es von ihr entschlossen wie eh und je.

Als hätte er es nicht gehört, bemerkte er darauf: »Sie sind derjenige, der den Jungen gefunden hat!«

Ich, der vielmehr den Gang entlangspähte, die Bilder an der Wand musterte und auf die verschiedenen Jacken und Schuhe blickte, bekam seine Bemerkung nicht vollständig mit. Die Jacken waren allesamt ordentlich an den vielen Haken, die an der Wand des Korridors angebracht wurden, aufgehängt und die kleinen Schuhe unter den Bänken verstaut. Marcia ließ nicht locker und gönnte Herrn Brenner die Abwendung der auf ihn gerichteten Aufmerksamkeit nicht: »Ja und Sie waren mit der Letzte, der ihn lebend gesehen hat!«

»Was redest du da? Ich hab ihn nach der Aufführung nicht mehr gesehen.«

»Liam sagte, dass Sie draußen standen und geraucht haben. Er muss an Ihnen vorbeigelaufen sein.«

Brenner entfernte sich ein paar Schritte von der Tür und fuhr die Lautstärke seiner Stimme hoch: »Hört mal ihr zwei. Ich hab da drin eine Klassenarbeit zu schreiben. Ich bin an dem Abend rausgegangen, um eine zu rauchen, ja und ich habe ihn hier nach Feuer gefragt. Dann passierte eine Weile nichts, bis er wieder angerannt kam und in die Halle stürzte.«

Marcia verdrehte die Augen und griff nach meinem Arm, sodass ich gezwungenermaßen meine Aufmerksamkeit auf das Gespräch richtete.

»Sie sagen nur das, was wir hören wollen!«

»Noch mal, ich weiß nicht, was ihr damit erreichen wollt, aber ich habe ihn das letzte Mal bei den Eltern gesehen!«, entgegnete der Lehrer mit gereizter Stimme, bevor er dann wieder Richtung Tür wanderte.

»War er auffällig?«, rief sie ihm hinterher.

Brenner drehte sich um.

»Was?«

»Ob er verhaltensauffällig war.«

Da ich den Dialog bisher nur belauscht hatte, entschloss ich mich, weiterhin die Führung Marcia zu überlassen. Etwas blockte mich in Gedanken, darauf einzugehen, und ich war froh darüber. Ich war froh, dass die Erinnerungen diesmal nicht die ausreichende Kraft besaßen, um in voller Blüte mich wieder in das Loch zu reißen.

Er schien überwältigt und strich sich über den Arm, der mit unzähligen Haaren bedeckt war: »Ich ... ich muss jetzt wieder rein. Die Polizei hat alles Wichtige zu dieser Sache aufgenommen und den Fall abgeschlossen. Ich weiß, dass gerade du darunter leiden musst, Marcia, aber bitte suche nicht nach einem Schuldigen. Denn den gibt es nicht!«

Mit seinen letzten, trockenen und damit alles andere als tröstenden Worten ging er wieder ins Klassenzimmer und wir stiefelten darauf stillschweigend aus dem Gebäude.

»Liam, ich glaube, wir haben einen Kandidaten.«

»Meinst du wirklich?«

»Ja, hast du nicht gesehen, wie er versucht hat, aus diesem Gespräch zu entkommen? Wie er versucht hat, sich rauszureden?«, sprach sie euphorisch und klang überaus glücklich.

»Was meinte er eigentlich damit, dass gerade du darunter leiden musst?«

»Keine Ahnung! Wahrscheinlich, weil ich ihn oft sehe, wir wohnen ja im gleichen Haus. Aber er wollte damit nur ablenken!«

»Ach so«, murmelte ich.

Dann packte sie mich mit beiden Händen an den Schultern und drückte mich gegen die Wand des Schulgebäudes.

»Verstehst du denn nicht, Liam?! Wir könnten endlich der Sache ein Ende setzen! Wenn er der Schuldige ist … dann, oh man, das ist so gut!«

Zwischen den Wörtern atmete sie immer wieder hektisch auf.

Und ohne mir die Möglichkeit zu geben, eine jegliche Reaktion zu zeigen, drückte sie ihre großen Lippen auf die meinen. Dies erwidert spürte ich, wie heiß ihr Atem war, und nebenbei das feuchtintime Spiel unserer Zungen. Meine Poren richteten sich auf und die Kraft, welche ursprünglich die Spannung meiner Erscheinung aufrecht erhält, verlor den Kampf gegen die unbändige Gewalt der Überwältigung.

Die erste Seite der Penetration

Möglichst breitflächig fuhr ich, einem Tier gleich, mit der Zunge über meine Lippen, um den Geschmack von Marcia auch noch nachträglich in mich aufzunehmen. Ich saß schweigend vor der Tür meines kleinen Zimmers, starrte in den Nachthimmel und wendete mich den Gedanken der Begierde zu. Eine Woche, nachdem ich wie ein kleiner Schuljunge den ersten Schritt der Intimität spüren durfte, verlor ich bei ihren Küssen immer noch die Kontrolle. Es schien, als wäre die ganze Last der Wochen verschwunden, als schaffe sie es durch die zarte Berührung, mich dem schwarzen Dunst, der meine Seele belästigte, zu entreißen. Und wer so etwas schaffte, durfte mit mir anstellen, was demjenigen auch immer in den Sinn kam.

Je mehr ich in Gedanken ihre erotische Seite formte und präsenter werden ließ, desto mehr wuchs das Verlangen, das mich dazu brachte, mich aufzurichten und gierigen Schrittes auf den Weg zu machen.

Im Dunkeln fiel mir die Orientierung in Lienwoon nach wie vor schwer. Ich orientierte mich wie ein Kapitän, der sehnsüchtig darauf wartete, endlich nach dem Anlegen im

Heimathafen seine Liebe in die Arme zu nehmen und ihr leidenschaftlich zu verfallen, am Leuchtturm – dem Wächter der Stadt. Sandkörner fanden ihren Weg in meine Schuhe, als ich über die weitläufigen Dünen schritt, die vom Mondlicht schimmernd ihre weiche Form präsentierten. Und in der Ferne erkennbar, auf dem leeren Platz vor dem gestreiften Koloss stand eine schwarze Gestalt. Wie einst unser erstes Aufeinandertreffen spielte sich eine Szene der langsamen, gegenseitigen Entdeckung ab und angekommen sah ich Marcia da stehen, ein Lächeln auf ihrem Gesicht formend.

»Ich wollte gerade zu dir«, sagte ich und wurde sofort von ihrer brodelnden Leidenschaft gestillt. Wild drückten wir uns fest aneinander, zerrten hektisch und unkontrolliert an unseren Kleidern. Der eisige nächtliche Wind des letzten Monats prallte förmlich an uns ab.

Sie stieß mich von ihr weg und ließ ihre Hose und den Slip über ihre langen Beine gleiten. Ihr weites, graues Top flatterte aufgeregt im Wind und legte hin und wieder die Sicht auf ihren Schoß frei, der mit kräuselndem schwarzem Haar bedeckt die Kälte vernichtete und eine unbändige Hitze ausstrahlte. Mit sanften Schritten ging ich wieder auf sie zu, küsste sie und fuhr mit der Hand entlang ihrer Schulter, über ihre Hüfte und schließlich ertastete ich mit den Fingerkuppen die warme feuchte Oberfläche und rutschte zwischen ihre Falten.

Ihren Mund nun dicht an mein Ohr gepresst, während ich ihren Hals sanft befeuchtete, stöhnte sie auf, als ich mit den Fingern ihren kleinen harten Hügel berührte.

Von der Überwältigung das Gleichgewicht verloren stolperte sie rückwärts gegen die kahle Betonwand des Leuchtturms.

Während ich sie auf den Pfad der gewaltigen Ekstase brachte, knöpfte sie mit zittrigen Fingern meine Hose auf und ließ ihre eiskalte Hand nach unten wandern, worauf ich zwar kurz zuckte, mich aber dann anschließend in den Armen des Genusses wiegte. Sie umfasste mein Glied, bewegte die Hand auf und ab und das Blut schoss in alle erreichbaren Zellen.

»Lass uns zu dir gehen ... ich will es spüren.«

Sie trat beiseite, drückte ihren Körper nach vorne – ihre Lippen jeweils im Licht des Mondes glänzend.

Ohne die Türe hinter uns zu schließen, drückte sie mich, wie bei unserem ersten Kuss, gegen die weiche Matratze. Wir wälzten uns umher, verloren die restlichen Klamotten.

Dann wanderten meine Küsse über ihre zarte Haut, der Kuhle des dünnen Bauches und bevor ich den Hof der Lust erreichte, setzte ich noch mal kurz ab. Ich ging in mich und stellte jeglichen Gedanken ab, bevor ich berauscht von ihren Säften, ihrem Geschmack, meine Hülle wieder verließ und über allem schwebte.

Nach dem Akt der Berauschung spürte ich tief greifende Wärme an meinem ganzen Glied, während ich in Marcia eindrang. Ihre Augen, nicht mehr von ihr unter Kontrolle, reglos auf mich gerichtet, untermauerten das Gefühl der Hilflosigkeit, das auf beiden Seiten dominierte. Wir wurden eins, schmolzen zu einer Einheit und schlängelten unsere Beine aneinander, während ich ihr Inneres massierte.

Der anbahnende Höhepunkt versetzte mich in Panik. Ich wusste, dass der letzte Schritt des vollen Kontrollverlustes noch nicht erreicht war, und bündelte all meine Kraft, um darauf vorbereitet zu sein.

Mit unseren Augen fest die des anderen fixiert, der Atem im gleichen Zug und das Herz im selben Rhythmus, glitten wir in den Orgasmus, dem Universum der höchsten Befriedigung und fielen anschließend gemeinsam in den Abklang der Anspannung. Unser Puls wurde schwächer, der Atem ruhiger und dennoch blieb der Blick starr gerichtet.

Ein darauffolgender Kuss, bei dem ich die Überwältigung ihres Körpers zu schmecken glaubte, bildete das Manifest unserer animalischen Vereinigung.

Bewegungsdrang der Wahrheit

Behutsam legte ich das Haupt zwischen ihre Beine. Meine Haare am Hinterkopf kreuzten und verhakten sich mit denen ihres Schoßes und die Innenseiten ihrer Schenkel wärmten meine Schläfen, während ihre Füße auf meiner Brust thronten. Das nur von der Nachttischlampe erzeugte Licht hüllte uns in eine Atmosphäre der Gemütlichkeit.

»Das war schön, Liam. Sehr sogar«, vernahm ich ihre Stimme, die hinter mir ertönte, während Marcia zwischen Wand und Rücken große Kissen gestopft, angelehnt eine Zigarette anzündete.

»Das fand ich auch.«

Ich fühlte mich wohl. Komischerweise musste ich bei all dem nicht einmal an Wilma denken. Marcias Gegenwart war zu präsent und in sich einnehmend.

»Weißt du was?«, fragte ich sie dann.

»Was denn?«

In unseren Stimmen lag Erschöpfung und sie machten wenige Erhebungen in ihrem Ton.

»Ich liebe deine Füße«, sagte ich und beobachtete, wie sie abwechselnd die Zehen spreizte und zusammenkniff.

»Die Form deiner Nägel, der schwarze Lack auf der blassen Haut.«

»Liam, du Freak!«

Wir lachten beide los und seufzten anschließend beinahe im gleichen Moment.

»Wir sollten noch mal zu Brenner gehen«, schlug Marcia vor und hievte das Gespräch zurück auf die bittere Ebene der Realität.

»Ich meine, wir haben deutlich gesehen, dass dieser Kerl was verbirgt. Wir müssen nur tiefer bohren.«

»Wär das doch alles nicht passiert.«

»Liam, wir machen das! Lass uns gehen.«

»Was, jetzt?«, fragte ich.

»Jede Sekunde, die wir warten, ist der Schuldige auf freiem Fuß und wir plagen uns. Willst du denn nicht, dass diese Momente hier noch schöner werden?«

»Doch, gerade ist es zu schön, um es abrupt zu beenden.«

»Klar ist es schön, aber ich will doch nur das Beste für uns, das Beste für dich. Das ganze Leid, das du durchgemacht hast, das darf doch nicht umsonst gewesen sein!«

Während sie in erläuternd ruhiger Stimme sprach, bewegten sich ihre Zehen aufgeregt in alle Richtungen und bildeten einen Widerspruch zu ihrer Konnotation.

Ich richtete mich auf, neigte meinen Kopf zu ihr und fragte: »Du willst jetzt los?«

Und wieder kam mir die Erscheinung eines unschuldigen Mädchens zu Gesicht, mit großen feuchten Augen und schwarzer Haarpracht.

»O. k. Dann soll es so sein.«

Gefolgt von meinen Satz sprang sie auf und verdeckte mit ihren Kleidern die Stellen, die einst unsere Gemüter vor wenigen Minuten noch zum Explodieren brachten.

»Ich werde kurz nach Hause gehen, ich muss noch etwas holen. Kannst du eben hierbleiben? Ich komme sofort«, erklärte sie und stand schon an der Tür.

Ich, der nackt auf dem Bett saß und halb umschlungen von der ursprünglichen Entspannung des Moments, hatte nicht mehr Kraft, als nur zu nicken, worauf sie ein Zwinkern formte und verschwand.

Es dauerte nicht mal eine Minute, bis es an der Tür klopfte.

»Komm doch einfach rein«, sagte ich, in der Meinung, es sei Marcia, die etwas vergessen hatte.

Und dann trat Elizabeth ein, schielte kurz überrascht auf mein nacktes Erscheinungsbild, ehe ich mir die Decke über den Schoß warf.

»Oh, hallo Liz!«, stammelte ich.

»Liam.«

»Was machst du denn so spät noch hier?«

»Ich wollte nur schauen, ob alles in Ordnung ist.«

Sie klang deutlich besorgt.

»Äh ja, wieso sollte nicht alles in Ordnung sein?«

Ohne hinzuschauen, schloss sie rücklings die Tür und sprach nach dem Ertönen des Einrastens: »Weißt du, man sagt, Marcia pflege nicht den besten Umgang mit Menschen.«

Ich verzog keine Miene und wartete nur darauf, dass sie ihre Ansprache fortsetzte.

»Sie hat es nicht leicht gehabt. Vor allem jetzt. Als sie damals vor zwei Jahren hierherkam, fand sie keinen Anschluss. Nicht zu vergessen, wie schwer es daheim für sie ist.«

»Moment mal, vor zwei Jahren erst?«

»Ja, sie lebte davor in Skåne, in Schweden.«

Mein verwirrter Gesichtsausdruck, erzeugt von der Überforderung, die in mir herrschte, reichte ihr als Reaktion, um die alles entscheidende Frage zu stellen: »Du weißt aber schon, dass sie die Halbschwester von Stellan ist? Dem verstorbenen Jungen?!«

»Äh natürlich«, log ich, um mich vor der Verurteilung von Liz zu schützen, während meine Zehen aufgeregt versuchten, sich in den Teppichboden zu bohren.

Die zweite Seite der Penetration

Unter einem raren Geräusch der Endlichkeit, das dennoch so unbedeutend klang, drückte die Sohle meines Lederschuhs den Körper der langbeinigen schwarzen Spinne gegen den Asphalt. Ehrlich gesagt vernahm ich es gar nicht genau, ich spürte nur, dass mit diesem Auftritt etwas nicht stimmte.

Begleitet von einem hektischen Atem rannte ich durch die Stadt Lienwoon, die mir seit der Ankunft vor zwei Monaten allerlei Extreme der Existenz gezeigt hatte.

Nach den ernüchternden Worten von Liz und der Erkenntnis, dass Marcias Schilderungen über ihre Herkunft und Familie nicht vollständig waren, veränderte sich das Bild der Situation schlagartig. Ich ließ mir die Adresse des Lehrers geben, da ich trotz der erschlagenden Kraft der Wahrheit noch so weit denken konnte, und vermutete, dass Marcia direkt zu ihm gegangen war, um einer, ihrer Meinung nach zufriedenstellenden, Vollendung nachzugehen. Nun klangen ihre Wörter in der Wiederholung meiner Erinnerungen weitaus bedrohlicher als nur das Geplänkel einer Laune.

Und wieder sah ich mich durch die Dunkelheit rennen,

auf den Straßen Lienwoons, das Hallen meiner Schuhe hörbar. Die unheimliche Gestalt der Nacht erreichte mich nun unentwegt und kitzelte erneut meine Poren. Ich rannte und rannte. Von der Ferne sah ich das Haus von Brenner in der dunklen Gegend stehen, die Fensterreihe des Erdgeschosses erleuchtet, die Tür weit aufgerissen.

Direkt vor dem Eingang machte ich halt, schaute um mich und ließ die angestrengte Atmung abklingen. Vom Inneren kommend vernahm ich Stimmen. Es waren allerdings nicht nur wie erwartet zwei, sondern drei verschiedene Stimmen. Mein Puls stieg, die Knie wurden weich. Mit leisen Schritten betrat ich das Haus und versuchte unbemerkt, mich möglichst dicht der Szenerie zu nähern.

»Sie haben ihn schon immer nicht leiden können!«, hörte ich Marcia schreien.

Brenners Stimme versuchte zu erklären: »Nein, hör doch, Marcia. Er war anders, immer zurückgezogen. Wer weiß, was in ihm vorging. Da spielen viele Faktoren eine Rolle, bevor so etwas passiert.«

»Aber da bringt man sich doch nicht um! Welches Kind nimmt sich denn das Leben?«

Danach hörte ich weinerliches Schluchzen, das kurz darauf von der dritten Stimme, die sich als weiblich herausstellte, im Raum unterbrochen wurde: »Im Ernst, Hans hat mir viel von ihm erzählt. Wir haben auch mit deinen Eltern geredet.«

»Und das soll jetzt eine Ausrede sein?!«, fauchte Marcia.

»Wir wollen uns nicht rausreden. Ich fühle mich auch ein Stück weit verantwortlich dafür. Denkst du nicht, dass ich nachts wach liege und mir Gedanken mache? Aber umgebracht habe ich ihn nicht. Glaub mir bitte!«

Es folgte keine Antwort, keine Bemerkung. Stille schlich sich in das Gespräch. Mir wurde mulmig und ich trat, die ganze Zeit über im Gang stehend, in das Zimmer ein.

»Du!«, zischte Herr Brenner.

Ohne ein Wort zu sagen, nahm ich Marcia seitlich in den Arm. Im Raum stand eine weitere Frau, von der die dritte Stimme zu kommen schien, und sah mich nur erschrocken an, nicht fassend, was hier gerade passierte.

Mit leiser Betonung sagte ich: »Komm, wir gehen jetzt.«

Dann begann Marcia zu wimmern und schrie: »Er war mein Bruder! Er war doch mein Bruder! Er konnte nichts dafür!«

Sie brach zusammen und hielt sich teils an meinen Armen fest. Ohne den Mund aufzumachen, zog ich das gebrochene Mädchen hoch und drängte sie Richtung Ausgang, als sie sich von mir löste und mich beiseitedrückte. Ich stolperte über den Wohnzimmertisch und fiel hin. Im Augenwinkel sah ich, wie Marcia ein Messer aus der Tasche zog und in ihrer entschlossenen Natur auf den Lehrer zuging und ohne auch nur ein Zögern in ihrer Bewegung ihm die Klinge direkt in den Hals bohrte. Das Blut spritzte in alle Richtungen. Es floss über Marcias Hand und verzierte das Gesicht des Mörders. Derweil begann die einst so stabile Haltung des Herrn zu wanken, ehe er mit zusammengebissenen Zähnen und seinem letzten Blick auf die neben ihm stehende Frau gerichtet zusammenbrach.

Daraufhin folgte ein ohrenbetäubender Schrei dieser, die

ihre Arme nach oben riss und den Anschein machte, ebenfalls zusammenzufallen, doch noch im selben Atemzug von Marcia, die immer noch zwischen ihnen stand, mit mehreren Stichen in den Hals und in die Brust ebenfalls in den Tod geschickt wurde.

Marcia, die in ihren zittrigen Händen das glitschige Messer hielt, schaute mich mit einem Ausdruck der Animalität an, der sowohl Hilflosigkeit als auch Zufriedenheit ausstrahlte. Langsam lief das Blut über ihr zartes, blasses Gesicht und tropfte an der Spitze des Kinns unregelmäßig in die Tiefe.

Ich, der ebenso auf dem Boden lag, sprach kein Wort, sondern durchlebte den Moment noch einmal und das rare Geräusch, welches bei den Einstichen entstand, wiederholte sich wie ein Echo und bohrte sich tief in mein Gedächtnis, wo es nie wieder verschwinden würde.

Es war einer dieser Momente.

Schwere Züge in der Kälte

Schwer fiel es meinem Körper, die Funktionen zu wahren; mein Atmen, das Denken. Alles. Der Geschmack auf der Zunge wurde taub, das Gehör gedämpft. Als Marcia die beschmierte Klinge auf den alten Holzboden fallen ließ, erreichte mich kein Geräusch. Als Marcia wie wild an mir rüttelte, mein Hemd an den Schulterblättern mit roten Handabdrücken versah, zeigte ich keine Reaktion. Mein Körper bot mir Schutz. Mein Körper schützte mich vor weiteren Taten der Unvernunft – der infantilen Motivation, die in einem Blutbad endete.

»Liam! Liam! Rede mit mir! Mensch, Liam!«, schrie sie und es dauerte seine Zeit, bis ich wieder in diese Welt gelassen wurde.

In dem Moment, als ich das Blinzeln anfing und mein Blick die Starrheit verlor, lachte Marcia und drückte mich fest an sie.

»Oh mein Gott! Liam, sie sind tot!«

Sie klang mehr zufrieden, als dass sie über die Situation in irgendeiner Weise bestürzt wäre.

»Du hast sie umgebracht. Du hast sie einfach so umgebracht«, stammelte ich und schaute auf die zwei, in ihren eigenen Lachen liegenden Personen, deren Blut zu einer großen Masse zusammenfloss.

»Ich weiß, Liam. Ich … ich … konnte nicht anders.«

»Aber sie hat doch gar nichts getan. Und er schien … aber, Marcia, wieso?«

»Wieso? Sollte ich sie am Leben und die Bullen rufen lassen? Sie war zur falschen Zeit am falschen Ort. Und er … Liam, er ist es gewesen, ich weiß es«, sagte sie wieder entschlossen und diesmal verlieh die Feuchtigkeit ihrer Augen nicht das Gefühl der Unschuld, eines beinahe in Tränen ausbrechenden Mädchens, sondern ein Funkeln der Befriedigung – wie ein Raubtier, das seine langersehnte Beute erlegt hatte.

In dem Moment war sowohl in ihr etwas aufgekommen, das ihr eine neue Kraft des Ausdrucks verlieh, aber ebenso war tief in ihr etwas gestorben. Die Marcia, die mir nun ihre blutigen Lippen auf die Stirn drückte, war nicht die Marcia, mit der ich wenige Stunden zuvor in manifester Manier verschmolzen war.

Ich richtete mich unter mühevollen, schweren Bewegungen auf und schaute nun von oben auf das Gemetzel herab. Marcia an mich gelehnt, tat dasselbe und schien dabei sogar ein wenig Stolz zu fühlen.

»Es ist vorbei, Liam.«

»Nein, ist es nicht. Ich glaube zwar nicht, was ich hier sage, aber wir müssen sie wegschaffen.«

»Verbrennen«, sagte sie trocken.

»Echt jetzt?«

»Draußen im Garten. Hier hinten sieht das keiner, es ist mitten in der Nacht und …«

»Das bringt doch nichts!«, widersprach ich ihr.

»Marcia, wir haben hier zwei tote, im Dorf bekannte Menschen liegen. Du hast auf sie eingestochen, bist hier umhergelaufen. Überall ist DNA von uns. Fingerabdrücke, Haare, überall Spuren!«

Während ich das sagte, fing meine Stimme mehr an zu beben und die Panik drohte über mich einzubrechen. Ich begann zu weinen und sackte wieder zusammmen.

»Liam, nicht weinen. Wir schaffen das, wir kommen hier raus!«, betonte sie.

»Verstehst du denn nicht, Marcia? Wie wollen wir das schaffen?! Wir müssen hier weg, und zwar schnell!«

Und zum ersten Mal klang ich derart überzeugend, dass sie ohne Weiteres mir zustimmte: »Du hast recht. Wir müssen hier weg.«

Sie griff nach dem Messer und ging aus dem Raum. Ich, der sich erst aufrichten musste, folgte ihr mit schwerem Atem, der durch die Kälte betäubt wirkte, und sah anschließend Marcia hinterher, wie sie in kurzen kleinen Schritten die Straße runterlief.

Verbale Wechselhaftigkeit

In meinem Inneren schrie ich mich an. Ich schrie so laut, dass mein ganzer Körper zitterte und mit einer Gänsehaut darauf reagierte. Diese laute Stimme zwang mich, endlich stehen zu bleiben und klare Gedanken zu fassen. Doch war da noch jemand anderes, der mir leise zuflüsterte, dass alles gut werde und ich das tun solle, was ich für richtig hielt.

Eine Verwirrung machte sich in mir breit und umso heißer war meine Stimme, als ich schlussendlich aus mir herausschrie: »Marcia! Bleib stehen!«

Wie das einsame Heulen eines Wolfes in der Ferne verblich mein Ruf augenblicklich in der Stille der Nacht. Mittlerweile war ich am Waldrand angekommen und die Laternen wurden immer seltener, das Licht immer schwächer. Allmählich verschwamm auch die Silhouette von Marcia im Schwarz.

Ich schrie noch mal: »Marciaa! Ich ruf sonst ...!«

Dann hielt ich inne. Zu sehr schauderte es mich, dieses Wort auszusprechen. Einmal gesagt, war es da und würde der gesamten Situation eine formale Ernsthaftigkeit verleihen.

Ich blieb stehen und ging in die Hocke. Auf einmal hörte ich schnelle Schritte.

»Was hast du gesagt?«, fragte eine weibliche Stimme, in einem so klaren Klang, dass sie nur in unmittelbarer Nähe sein konnte.

Marica trat aus dem nebenstehenden Wald heraus, packte mich am Oberarm und richtete mich wieder auf.

»Dass du da auch noch drauf reinfällst. Aber es hat geklappt«, bemerkte ich, während ich sie von mir abschüttelte.

»Jage mir bitte nie mehr so eine scheiß Angst ein!«

»Das sagst du mir? Wer hat gerade vor meinen Augen zwei Menschen getötet? Einfach, weil sie zur falschen Zeit am falschen Ort waren? Und warum hast du mir das nicht früher erzählt? He?«

»Was erzählt?«

»Das mit Stellan!«

»Weil … weil du mir das nur ausgeredet hättest!«

»Aber nein. Wir waren doch von Anfang an einer Meinung.«

Sie schüttelte den Kopf und drückte sich dicht an mich, ihre Brüste hart von der Kälte und deutlich spürbar.

»Nein, du warst nicht vollkommen überzeugt, du hast gezögert!«

»Nun, tut mir leid, das ich nicht *hierfür* war.«

»Siehst du!«

»Aber das ist doch nicht normal! Du hast eben zwei Menschen umgebracht und vielleicht sind beide sogar unschuldig!«

»Woher willst du das wissen? Woher willst du wissen,

dass dieser Mann nicht seine Finger im Spiel hatte?«

»Wenn du schon so dermaßen spekulierst, wundert es mich eigentlich, dass du mich noch nicht abgestochen hast. Oder den armen Zugführer. Genau, am besten noch all die ganzen Kinder, die den armen Stellan bestimmt gehänselt haben!«

Sie drehte sich von mir weg und verschränkte ihre Arme.

»Du machst dich lächerlich, Liam.«

»Da hast du vielleicht recht, aber anders kann ich es einfach nicht sehen. Das ist … das geht einfach nicht!«

»Brenner war ein Schwein.«

»Und kannst du mir verraten, wie du da draufgekommen bist?«

»Meinst du, ich habe nicht gemerkt, dass Stellan seine Probleme hatte? Er wollte oft nicht in die Schule. Man hat versucht, mit seinem Lehrer zu reden, aber es hat sich nicht gebessert. Irgendwas hat dieses Schwein mit ihm gemacht.«

»Das weißt du nicht!«

»Zumindest hat er ihm nicht geholfen!«, schrie sie und schaute mich mit eindringlichen Augen an, während sie immer feuchter wurden. »Er hat ihm nicht geholfen. Das ist sein scheiß Job, verdammt! Und er hat ihn einfach im Stich gelassen.«

»Tut mir leid. Das ist wirklich … scheiße, ja, das ist es. Aber deswegen kannst du ihn doch nicht umbringen.«

»Und wie ich das kann!«

In ihrer Stimme lag nun wieder ein weitaus bestimmenderer Ton und ich konnte nichts anderes tun, als nur den Kopf zu schütteln. Sie wurde mir von Sekunde auf Sekunde immer fremder. Ich wusste allmählich nicht mehr, wen ich da vor mir hatte.

»Das ist nicht normal ... das ist einfach nicht normal«, stammelte ich anschließend.

Sie kam näher, drückte mir einen Kuss auf, ihr heißer Atem einst verführerisch, brannte nur noch auf meiner kalten Haut.

»Nichts zu tun, das wäre nicht normal gewesen!«

»Nein, das kann nicht sein, das geht nicht. Marcia, ich komm damit nicht klar. Du bist ein Mörder und ich hab dir auch noch geholfen. Ich muss hier weg.«

Und so schwer das Zudrücken sein kann, so schwer fiel es mir loszulassen – meine Hand von ihrem Arm zu lösen, mich umzudrehen und davonzulaufen, ihren Geschmack auf den Lippen und die Angst vor ihr im Nacken. In meinem Inneren war es ruhig. Keine Stimme sagte etwas. Im Stechschritt entfernte ich mich von Marcia. Von der Marcia, mit der ich einst noch eins war. Doch nun war sie fort und uns trennte die Kälte.

Die Schwierigkeit, nicht zurückzublicken

Ohne mich ein einziges Mal umzudrehen, lief ich, diesmal statt unter dem Hallen meiner Sohle, unter dem Kratzen dieser, in gebeugter Haltung zur Pension zurück, wo der Mond den weißen Hof zum Leuchten brachte. Derselbe Mond, der einst unser erotisches Spiel am Leuchtturm beobachtete und nun durch die Fenster in das dunkle Haus des Lehrers spähte und die blutige Schicht am Boden glänzen ließ.

Ich öffnete leise die Tür, machte das Licht an und fand das normale Zimmer vor, das mir bei meiner Ankunft noch angesprochen hatte. Nun war es für mich der Tatort eines teuflischen Plans.

Das Leder meiner Schuhe faltete sich erneut, als ich in die Hocke ging, meine Klamotten aus der Kommode holte und sie in meinen Koffer legte. Im Bad wusch ich so gut es ging die Blutflecken ab, die sich schon fast auf meiner Haut verewigt hatten, und wechselte das Hemd. Mit dem Koffer an meiner Seite machte ich dann das Licht aus und schloss die Tür.

Meine Augen richteten sich auf das Häuschen, in dem

Liz wohnte, das etwas hinter der Pension lag. Ich wollte mich verabschieden, aber ich konnte nicht. Zu sehr hätte sie es geschmerzt, mitten in der Nacht geweckt zu werden, von den Gräueltaten zu hören und mich gehen zu sehen. Nebenbei stellte jede weitere Aktion eine Gefahr dar, um entdeckt zu werden.

Eine Träne auf meiner Wange, die einsam ihrem Weg über die Wölbung folgte, lief ich los und blickte nicht mehr zurück. Ich spürte die intensive Kälte, die mich am ganzen Körper umarmte, die ich nirgendwo anders mehr so stark gespürt hatte als hier in Lienwoon. Unter der Scham meines Lärms, den ich durch jeden einzelnen Schritt machte, lief ich von einem Kegel der Straßenlaterne in den nächsten, gefolgt von meinem Schatten, der dicht an mir klebte. Ich lief die ewig gerade Straße entlang, die schlangenartig zum äußersten Punkt von Lienwoon führte und erreichte die unheimliche Begegnung des Hauses aus dem all das Übel seinen Lauf nahm; das aber mit seinen morschen Latten und dem dunklen Wald in mir nun vielmehr das Gefühl von Mitleid auslöste. Das Fahrrad, das vor wenigen Monaten noch in den letzten warmen Tagen genutzt wurde, war weg. Es war nun ein fast kinderloses Haus, welches von jeder elterlichen Sorgepflicht befreit wurde.

Am Bahnhof angekommen, stand ich an der Markierung und wartete darauf, dass etwas passierte. Es konnte noch Stunden dauern, bis der nächste Zug kommen würde, und so musterte ich schweigsam die Gegend, verloren in den Gedanken über die Stadt, in der alles normal werden sollte, deren Schild die ganze Zeit dabei über mir hängend.

Und nach drei Stunden, der Morgen kündigte sich in der Ferne schon an, fuhr unter den kalten nach Öl riechenden Windzügen das Transportmittel ein, das mich einstmals mit gutem Willen hierherbrachte und nun unter zwanghaften Umständen wieder entfernte und mich meiner Chance auf Normalität beraubte.

Als ich in meiner alten Heimat angekommen war, hauste ich unter Scham, das Geld meiner Eltern zu benutzen, in einem Hotel, ehe ich mich dazu entschied, eine Wohnung zu mieten. Ich hatte die Wahl, zu meinen Erzeugern zurückzukehren oder zunächst von ihrem Geld den gesunden Abstand zu halten.

Die nur zweieinhalb Monate über, die ich in Lienwoon gewesen war, hatte ich mich bei ihnen nicht gemeldet und so entschloss ich diese Funkstille, die für beide Seiten mittlerweile zur Gewohnheit wurde, aufrecht zu erhalten.

Um nicht ganz in Scham und Selbstmitleid, geplagt von den Erinnerungen unterzugehen, legte ich mir einen Job zu. Und so sortierte ich nun täglich die Lebensmittel im Supermarkt am anderen Ende der Stadt. Die Eintönigkeit der Beschäftigung schaltete die Gehirnaktivität auf ein niedriges und ungefährliches Level.

Acht Monate waren vergangen, seit ich aus Lienwoon geflohen war. Nicht ein einziges Mal hatte ich mich erkundigt, welche Folgen sich aus jener Nacht gebildet hatten. Zu groß war die Sorge, in ein schmerzliches Tief zu verfallen. Mit jedem Tag wurde die Verdrängung stärker. Einer Festung gleich schützte sie mich vor schlechten Gedanken.

Dies funktionierte bis zu jenem regnerischen Tag im September, als ich einen alten Mann im Zug traf, der mit ähnlich nachdenklichem Ausdruck auf dem Gesicht seine Gegend musterte und wir gegenseitig aufeinander aufmerksam wurden. Kurze Gespräche entstanden, bis er mich dann fragte, ob ich ihm nicht eine Geschichte erzählen könne. Ich weiß nicht, woran es lag, warum ich ausgerechnet dann an jenem Tag bereit war, dem fremden Mann, der mir gegenübersaß, meine Geschichte zu erzählen, aber ich tat es.

Ich schrieb die Geschichte unter seinem Wunsch auf. Die Geschichte, auf die ich monatelang nicht zurückgeblickt hatte. Die Geschichte, die mich mit Narben in meiner Seele versah, dir mir Extreme unseres Daseins zeigte. Die Geschichte, die mich zu einem anderen Menschen machte.

Und ich wusste mit jedem einzelnen Wort, das die leeren Seiten schmückte, wie schwierig es gewesen war, die ganze Zeit über nicht zurückzublicken.

Ein Affekt bringt alles zum Vorschein

Den Zeigefinger ausgestreckt führte er die Hand zögernd von sich weg. Mit ständigen Zuckungen nach hinten bewegte sie sich auf das, in einen eisernen Rahmen gehüllte, Namensschild und der danebenliegenden Erhebung zu. Dessen Oberfläche wies von der mehrmaligen Berührung der Zeit Verfärbungen auf. Sein Körper und demnach sein Finger zuckten, als ein ungewöhnlicher Schlag des Donners als Folge eines hellen Lichts die Stimmung der Gegend kontrollierte und einen heftigen Regenguss auslöste. Aus Angst nass zu werden, drückte Liam nun ruckartig auf die Klingel. Wenige Sekunden später öffnete sich die Tür und ein alter Mann mit freundlichem Gesicht und großen ovalen Gläsern auf der Nase, die von einem dünnen eisernen Gestell zusammengehalten wurden, begrüßte ihn.

Sie liefen durch den Flur, der dunkel und eng war, gingen am Ende durch eine Glastür und fanden sich in einem großen, offenen Raum wieder, der mit vielen Metern Luft nach oben beide Stockwerke umfasste. An der Decke sorgten Holzbanken an der sonst weißen Fläche für einen Kontrast und verliehen einen angenehmen Grad an Rustikalität.

»Schön haben Sie es hier, Gilbert! Ich liebe die Decke, man hat regelrecht Luft zum Atmen«, bemerkte der Junge.

»Nun, ich lebe hier schon seit über zwanzig Jahren und genieße es bis heute hier reinzukommen und nicht von meinen eigenen vier Wänden erdrückt zu werden.«

»Das kann ich mir gut vorstellen. Ich hab hier übrigens was für Sie.«

Und Liam hob die Seiten, die er die ganze Zeit über in den Händen hielt, nach oben und wedelte damit dem Alten zu. Dieser nahm sie aufgeregt entgegen und legte sie auf den kleinen Tisch, der neben einem Sessel mitten im Raum stand.

»Das ist ja eine Menge. Soll ich das gleich lesen?«, fragte er.

»Deswegen bin ich hier. Da stehen Dinge drin, die Sie nicht unbedingt alleine lesen sollten.«

Wenige Minuten später saß dann Gilbert auf seinem, von ihm zugeordneten, Lesesessel mit einem Kaffee in der einen und den Seiten in der anderen Hand.

Währenddessen lief Liam durch das Zimmer und musterte interessiert das unendlich lange Bücherregal, das einer großen Bibliothek gleich bis in den nächsten Stock ragte.

Der junge Mann bemerkte zunächst gar nicht, dass sein Freund fertig mit dem Lesen war. Dieser saß nämlich schier tonlos da und bewegte sich nicht.

»Gilbert, alles o. k. mit Ihnen?«, fragte Liam, als er am Ende des Regals auch dann am Sessel angekommen war.

»Das Liam, das haben Sie aber nun erfunden, oder? Ich meine, das ist nicht passiert, oder?«

Als der Alte wieder zu sprechen begann, schnellte seine Zunge hin und wieder über seine Lippen und Liam ging mit einem lauten Seufzer auf ihn zu und setzte sich neben ihn auf das ledrige Sofa.

»Ich wünschte, es wäre so.«

»Sie hat … sie hat … ich kann es nicht fassen! Sie hat sie …«, stammelte Gilbert.

»Umgebracht, ja. Ich habe lange gebraucht, um mich genug davon distanzieren zu können.«

»Wie haben Sie das geschafft?«

»Ich habe mir eingeredet, dass es das Richtige war.«

Gilbert stand auf und stellte sich rücklings zu dem Jungen, dicht vor das Bücherregal,

»Sie wissen, dass dies nicht normal ist, Liam?!«

»Ich war von Anfang der Meinung, dass da draußen jemand den Jungen ermordet hat.«

»Aber Sie hatten doch keine handfesten Beweise. Sie können doch nicht einfach so jemanden umbringen, nur weil Sie denken, dass er es gewesen sein könnte.«

»Das sehe ich doch genauso. Was meinen Sie, warum ich geflohen bin.«

»Nun, das war Selbstschutz, denke ich mal«, sagte Gilbert und wendete sich wieder Liam zu.

»Natürlich, aber vor allem musste ich erst mal die Sache verstehen, sie überhaupt fassen können. Eine solche Wandlung habe ich bisher bei keinem Menschen gesehen.«

»Ja ja, der Affekt bringt alles zum Vorschein. Auch unsere bösen Seiten. Da gibt es nicht viel zu verstehen, mein Lieber!«

Von draußen grollte der Donner und erhellte ab und an den Raum, der ansonsten nur mit diversen Tischlampen erleuchtet wurde.

»Auf jeden Fall bin ich nun am Ende meiner Geschichte«, sagte Liam in der Hoffnung, man würde das Thema wechseln. Denn er selbst wusste nicht mehr viel darüber zu sagen.

»Das freut mich. Auch dass ich in Ihrer Geschichte vorkomme. Aber sind wir mal ehrlich, die Geschichte ist noch nicht vorbei. Wollen Sie denn nicht wissen, was nun passiert ist? Was aus Marcia geworden ist?«

»Ich …«, versuchte der Junge einzuwenden.

»Sie haben alles stehen und liegen gelassen. Was ist mit Elizabeth? Was ist mit dem Fall? Vielleicht sucht man Sie sogar noch, schließlich waren Sie ja dabei. Liam, was da passiert ist, das hat Konsequenzen!«

»Gilbert, ich habe Angst! Ich habe Angst vor diesem Ort!«, sprach Liam mit erhobener Stimme, und ward anschließend erschreckt von dem Grollen der Natur.

Eine hilfreiche Stütze

Mit seinem dicken Einband war es stark genug, um dem Gewicht des anderen ausgesetzt zu sein. In schräger Lage schien es, als würde nicht nur ein Prozess des Anlehnens vollzogen werden, sondern als würde ebenso die stützende Lektüre mit aller Kraft dagegendrücken.

Um das Gleichgewicht herzustellen, benutzte Gilbert jeweils immer ein Buch, um die komplette Reihe zu stützen. Dies fiel Liam auf, als er nach wie vor davon fasziniert wieder das Bücherregal musterte.

»Wollen Sie zum Abendessen bleiben?«, fragte Gilbert.

»Gerne.«

»Wie fühlen Sie sich jetzt?«

Liams Augen wanderten zum Lesesessel.

»Wie meinen Sie das?«

»Nachdem Sie nun das hier alles im kleinsten Detail aufgeschrieben und meine Gefühlszustände manipuliert haben?! Ich meine, wenn Sie Ihr Spielchen mit Marcia beschreiben, das kann nicht nur mich aufwärmen! Was ich damit sagen möchte, dass es guttun kann, so etwas mal auf diese Art zu verarbeiten.«

»Das ist wahr.«

»Wollen Sie dann nicht Lienwoon vollständig hinter sich lassen? Geben Sie sich einen Ruck und werfen Sie einen Blick in die Nachrichten«, versuchte Gilbert den jungen Mann zu motivieren, worauf dieser das Grinsen anfing.

»Nun, Gilbert, da haben Sie vielleicht recht. Aber nachdem ich mich die Wochen über immer geöffnet habe, wird es an der Zeit, Ihre Geschichte zu Ende zu bringen.«

Mit hektischer Zunge fragte er: »Meine Geschichte?«

»Was machen Sie, Gilbert? Warum leben Sie hier alleine und fragen wildfremde Menschen im Zug, ob sie Ihnen eine Geschichte erzählen können?«, sprach Liam mit überzeugender Stimme und hielt den alten Mann mit seinen Blicken fest, sodass dieser unter dem Druck ein lautes Stöhnen von sich gab und anfing zu erzählen.

»Letztes Jahr, da ... da ist meine Frau gestorben«, sprach er mit ruhigen Worten.

»Lungenkrebs, im Endstadium, wir hatten keine Chance. Nun, sie rauchte auch gern, sie sagte immer, sie brauche das. Sie war Schriftstellerin. Mein Gott, sie schrieb so unfassbar schön! Jedes ihrer Werke durfte ich als Erstes lesen. Das bedeutete uns beiden so viel. Am Ende, da brachte sie es nicht fertig, ihr letztes Werk zu vollenden. Noch bis heute hab ich das Manuskript nicht angerührt, auch wenn sie kurz vor ihrem Tod meinte, ich solle es fertig schreiben.«

Liam saß nur da und schaute mit einer gewissen Prise an Mitleid, ohne aber dass es aufgesetzt wirkte, dabei zu, wie nur ein leichter Anstoß genügte, um sich öffnen, und dachte dabei an Elizabeth und wie sie ihm immer zugehört hatte.

»Wir waren dreißig Jahre lang verheiratet. Als sie gestorben war, da wusste ich nicht, wie ich weitermachen sollte. Und was mir besonders fehlte, waren ihre Geschichten. Der Gesichtsausdruck, wenn sie eine besonders tolle Idee hatte und sie niedergeschrieben werden wollte. Diesen Ausdruck, Liam, den hatten sie damals im Zug auch.«

Der junge Mann lächelte.

»Es hat mir geholfen, Liam. Sie haben mir geholfen! Es war mir eine Stütze, eine hilfreiche Stütze!«

Tränen liefen über die zerklüftete Haut des alten, verlassenen Mannes und Liam krallte sich fest an das Kissen, um die Flut der Emotionen zu unterdrücken.

»Jetzt ist da wieder eine Geschichte, die nicht zu Ende ist! Tun Sie mir das nicht an! Es tut nicht gut. Nicht nur, weil Sie sich unheimlich Mühe beim Schreiben gegeben haben, Sie haben auch zu sehr darunter gelitten. Ersetzen Sie Ihre schlimmen Erinnerungen mit Vollendung.«

Und nun machte sich in Liam ein Gefühl der Verwunderung breit, nachdem ihm auffiel, dass eine Sache innerhalb nur eines kurzen Moments einen neuen Grund und eine neue Motivation erlangen konnte. Ihm blieb nichts anderes übrig, als dem nachzugeben. Beide wussten sie das, dass sie vor ihren eigenen Geschichten nicht davonlaufen konnten, während der junge Mann seinen älteren Freund in die Arme nahm, um ihn vor der Überwältigung alter Erinnerungen zu schützen. Dabei lehnte Gilbert vielmehr, schwach von der Öffnung seines Ichs.

Wechsel der Bilder

Ohne eine scharfe Riffelung, die normalerweise unter gleichmäßiger Bewegung half die Dinge zu zerkleinern, führte Liam die stumpfe Klinge entlang des weißen Fleisches. Er trennte anschließend ohne Mühe einen Teil davon ab und legte damit die Sicht auf das Innere frei, das blank wie sein Äußeres, feucht vom eigenen Saft im Licht der Esszimmerlampe glänzte.

»Ich habe seit Lienwoon keinen Fisch mehr gegessen.«

»Da ist Ihnen aber etwas entgangen. Das gehört für mich zum Freitag einfach dazu, wissen Sie.«

»Sehr gut übrigens, Gilbert«, kommentierte Liam und deutete mit der Gabel auf seinen Teller.

»Danke. Wenn man alleine ist und Hunger hat, da lernt man schon mal ein bisschen zu kochen«, erklärte er.

»Nun, das sagen Sie mal meiner Tiefkühltruhe.«

Beide lachten etwas.

Nachdem sie zu Ende gegessen hatten und gemeinsam die Teller in die Küche brachten, die in einem leichten hellblau gestrichen trotz ihrer übersichtlichen Größe an das befreiende Gefühl des Wohnzimmers anknüpfte, schlug der alte Mann vor: »Ich habe einen Computer hinten im Arbeitszimmer. Wir sollten nachschauen, was in Lienwoon passiert ist.«

»Sie haben einen Computer? Dann hätte ich Ihnen die Seiten ja schicken können!«

»Papier ist viel besser! Eine Mail ist so unpersönlich!«

Selbstbewusst und mit einer gewissen Übung in seinen Handlungen bediente Gilbert den Computer und suchte nach dementsprechenden Informationen. Liam stand daneben, wippte aufgeregt hin und her und wendete sich die meiste Zeit vom Bildschirm ab.

»Das gibt es doch nicht«, murmelte Gilbert. »Das darf doch nicht wahr sein!«

»Was ist denn?«

»Hören Sie mal hier. *Da die Türe offen stand, fand eine aufmerksame Nachbarin das Ehepaar am Morgen des 20. Dezembers tot auf. Nachdem sie einen Abschiedsbrief gefunden hatten und man lediglich Fingerabdrücke des Mannes auf der Tatwaffe sichtbar machen konnte, geht die Polizei von einem Selbstmord aus.«*

Dann hörte er auf zu lesen. Beide sprachen sie kein Wort, sondern blickten nur auf den Bildschirm. Jeder las den Bericht mehrmals, um sich auch wirklich zu vergewissern, den Inhalt richtig zu erfassen.

Nach einer Weile fing Liam an zu lachen: »Das ist ja so typisch. Sie muss noch mal zurückgegangen sein. Sie ist einfach davongekommen!«

Das letzte Wort besaß einen leichten Ton der Wut, die auf Liams Gesichtsausdruck überwanderte.

»Nun, dann werden Sie auch nicht gesucht. Das ist gut!«

Gilbert bekam darauf keine Antwort und sagte dann: »Ich würde sagen, wir fahren dort hin.«

Ruckartig packte Liam die Schulter seines Freundes und bemerkte mit lauter Stimme und großen Augen: »Nach Lienwoon? Ganz sicher nicht!«

»Aber jetzt überlegen Sie doch mal. Was fühlen Sie ganz tief in sich? Da ist etwas, das Ihnen die Stimmung trübt!«

Liam lehnte sich an den Tisch, seine Augen geschlossen.

»Die Lösung Ihres Problems ist hier. Sie können ohne Schwierigkeiten zurückkehren und Frieden schließen. Für so etwas existiert nun mal die Notwendigkeit sich zu stellen, seinen Problemen zu begegnen.«

»Das sagen *Sie*«, seufzte der Junge.

»Nur dass Sie jetzt die Möglichkeit dazu haben. Sie haben eine nette Frau ohne jegliche Ahnung zurückgelassen. Sie sind der Einzige, der weiß, dass das hier nicht stimmt. Wer weiß, was mit Marcia ist, in welchem Zustand sie sich befindet. Denken Sie, dass sie normal weiterleben kann? Selbst Sie, Liam, die die Tat nicht begangen haben, kämpfen mit den Gedanken der Schuld und tragen eine Last.«

»Ich kann doch nicht einfach wiederkommen.«

»Sie können das aber auch nicht einfach so stehen lassen.«

Mit einem nachdenklichen Gesichtsausdruck bestückt lief der junge Mann auf und ab und fuhr sich des Öfteren durch sein schwarzes, längeres Haar.

»Wollen Sie nicht Ihre Gedanken wieder frei machen? Einen Wechsel der Bilder in Ihrem Kopf! Weg von dem ganzen Blut?«, wiederholte sich Gilbert und klang dabei fast schon so, als wäre er selbst Zeuge des Vorfalls gewesen.

»Oh, Sie sturer alter Mann. Als würde ich sie so einfach durch ein blankes Papier ersetzen können.«

»Wir gehen das ganz ruhig an. Sie können gerne bei mir übernachten. Ich habe hier gleich nebenan ein nettes Gästezimmer. Morgen nehmen wir dann den Zug und fahren nach Lienwoon. Sie fahren doch gerne Zug, Liam.«

»Das sagen Sie.«

»Mensch, Liam, seien Sie nicht so stur! Befreien Sie sich von Ihrer Verdrängung. So etwas kann genauso fesselnd sein. Sie werden schon sehen, wie gut Ihnen das tun wird!«

Darauf betrachtete der Junge seine Schuhe, die vom vorigen Regen sauber gespült worden waren und deren teils weiße Oberfläche das Licht des Bildschirmes reflektierte.

Einsamkeit bietet kein Schutz

Wie kleine Kinder, die miteinander kabbelten, klopfte er mit seinen Fingern gegen die Oberfläche, während er die Hand auf den Schalter legte, den Blick in ruhiger Haltung von der gegenüber stehenden Lichtermaschine zu seiner Rechten und anschließend Linken wechselnd. Ohne dass die rote Fläche von der Grünen in ihrer Erleuchtung abgelöst wurde, betrat Liam die Straße und überquerte diese in einem überzeugenden Schritt, mit Gilberts Kommentar im Nacken: »Sie haben es aber eilig, mein Lieber!«

Als der alte Mann seinen jungen Stürmer eingeholt hatte, stand dieser bereits am Bahnhof und besorgte die Tickets, die ihn und seinen Freund nach Lienwoon bringen sollten.

Anschließend setzte sich das ungleiche Paar auf eine der wenigen nicht besetzten Bänke und mit voller Freude im Gesicht strich sich Gilbert mit den Händen über seine Oberschenkel.

»Das wird eine tolle Sache.«

»Sicher, das wird es«, fügte Liam hinzu, ohne auch nur einen Hauch von Begeisterung zu zeigen.

»Wie lange fahren wir ungefähr?«

»Das wird sich über sieben Stunden lang hinziehen.«

Etwas überrascht schaute der alte Mann nun drein und bemerkte: »Oh, das ist aber lang! Aber ich bin mir sicher, dass wir uns prächtig unterhalten können.«

Liam nickte nur wortlos und fragte ein paar schwere Atemzüge später: »Wieso fahren Sie eigentlich immer mittwochs mit dem Zug?«

»Nun, ich besuche jede Woche das Grab meiner Frau. Sie wurde in einem kleinen Vorort bestattet. Da wurde sie auch geboren.«

Gilberts Worte der Trauer legten sich wie ein schalldichter Schleier um sie und ließen Stille walten, die eine gar schon deprimierende Stimmung mit sich brachte. Diese wurde mit den nächsten Worten Liams noch bestärkt und erhielt eine unabdingbare Präsenz.

»Gilbert, ich habe für Sie kein Ticket besorgt«, sprach er mit leiser Stimme.

»Wie bitte?«

Er musste sich in seine Richtung drehen, wobei er sichtlich gestört von seiner Jacke aufstand und sich dieser entledigte.

»Ich danke Ihnen für die sture Überzeugungsarbeit, aber ich … ich muss das alleine tun!«

»Och, kommen Sie, Liam. Das ist aber nun wirklich ein Klischee!«, schimpfte der Alte.

»Ich weiß, Sie mögen keine Klischees, aber Sie haben selbst gesagt, dass es darum gehe, dass *ich* derjenige sein müsse, der sich von der eigenen Verdrängung zu befreien habe!«

»Das mag schon sein. Aber wieso unbedingt allein? Wieso wollen Sie sich diese Stadt und all die schlechten Erinnerungen, die sie damit verbinden, sich selbst ganz alleine geben?«

Liam stand auf und zeigte mit dem Finger von sich weg, als er sagte: »Da draußen wartet eine Geschichte, die nicht fertig erzählt ist, und zu viele Dinge sind passiert, die einfach nicht normal sind!«

»Das mag wohl stimmen, aber ...«

»Sie waren es, der mit einem Rammbock«, dabei vollzog er mit seinen Armen eine Bewegung, die diese Bezeichnung untermalen sollte, »einem Rammbock meine Verdrängungsburg zum Einsturz brachte! Jetzt hören Sie auf, es mir auszureden!«

Gilbert schüttelte den Kopf.

»Dann sagen Sie mir eins, mein junger Freund, warum wollen Sie nicht, dass ich mitgehe? Nennen Sie mir einen guten Grund und ich akzeptiere es!«

»Es gibt Dinge, die macht man einfach allein! Ich fühle mich einfach sicherer.«

»Was reden Sie denn da? Einsamkeit bietet keinen Schutz!«

»Aber ich möchte Sie damit nicht reinziehen. Die Dinge auf Papier zu lesen, ist das eine, aber den Personen, die Teil dieser Geschichte sind, in die Augen zu blicken, das andere!«

Darauf sah der Alte nach unten und strich sich nun deutlich weniger euphorisch über die Oberschenkel.

»Ich bin in diese Unmoralitäten reingerutscht und habe

den Raum einfach so verlassen. Es ist nur normal, wenn ich ihn alleine wieder betrete. Sie wollen das nicht. Sie wollten mir helfen und ich weiß das sehr zu schätzen. Sie können sich die Reise sparen. Ich werde Sie auf dem Laufenden halten. Es tut gut zu wissen, dass ich jemanden habe, zu dem ich zurückkehren kann«, betonte Liam und klang dabei wieder so überzeugend, wie er einst Marcia in der Nacht des Blutes den Ernst der Lage klarmachte.

Gilbert nahm seine Jacke und umarmte ihn.

»Ich wünsche dir viel Glück! Ich hoffe, du findest, was du suchst.«

Und ehe diese Umarmung länger anhielt, löste sich der Junge und ging schnellen Schrittes alleine zum Zug, der mit behutsamer Geschwindigkeit durch den kühlen Wind des Dezembermittages in den Bahnhof einfuhr.

Im Schatten des Stillstands

Kalter Wind durchkämmte meine Haare, ein Geruch von altem Motorenöl noch in einem knappen Atemzug wahrnehmbar und der Zug verschwand. Ich stand, die Beine dicht aneinandergepresst da und schaute um mich. Dunkelheit so stark wie an keinem anderen Ort, den ich je besucht hatte, umhüllte die Gegend. Wie eh und je seiner Aufgabe nachgehend, hing das große blaue Schild mit weißer Schrift über mir und zeigte auf eine gar schon provokante Weise, dass ich wieder in Lienwoon war. Ich war wieder dort, wo alles hätte normal werden sollen und wo ich stattdessen Zeuge von eindringlicher Anomalie geworden war.

Nun war ich wiedergekehrt, um es in Ordnung zu bringen. Meine Erinnerungen mit neuen Erfahrungen zu verknüpfen. Die Erinnerungen in meinem Kopf, die wie eine zerrissene Gardine hilflos und unkontrolliert im Wind umherflatterten und Halt benötigten.

Die nächtliche Ruhe, die mich bei meiner ersten Ankunft begrüßte, dominierte wieder in ihrer Präsenz und so lief ich mit langsamen Schritten, den Koffer hinter mir her ziehend entlang der geraden Straße, direkt auf Lienwoon zu. Bei jedem Schlagloch, das mir begegnete, hob ich den alten Lederkasten etwas hoch, um störende Geräusche zu vermeiden und weiterhin unbemerkt in die Stadt meiner schlaflosen Nächte einzukehren.

Die Dunkelheit war in diesem Abschnitt besonders intensiv und demnach erkannte ich erst spät das erste Gebilde der Stadt. Wie aus meinen letzten Erinnerungen abgebildet, stand es noch da. Der Zaun weder schiefer noch irgendwie aufgerichtet. Der Lack der alten Latten immer noch im Begriff abzublättern sowie die Spitzen der Bäume des verschlingenden Waldes schienen sich in ihrem Wachstum zurückgehalten zu haben.

Unsichtbare Fäden der Unheimlichkeit versuchten vom Haus ausgehend meine Poren zu kitzeln, doch blieben diese unbeeindruckt und ich lief weiter. Alles schien mir doch so gleichgültig, so gewohnt. Es war weder intensiv, wie bei der ersten Begegnung, noch wirkte es unheimlich. Ich wusste nicht genau, ob mich diese Gleichgültigkeit störte oder ob ich einfach nur aufgrund starker Müdigkeit unter einem Defizit meiner Wahrnehmung litt.

Und so setzte ich mich, müde von den wenigen Schritten und der langen Zugfahrt auf eine Bank, die im Kegel der Straßenlaterne sich mir als Rastplatz anbot. Während mein Puls auf ein Tief rutschte, strich ich mir mit den Händen über das Gesicht und fühlte die Kälte auf meinen Backen. Ich erlaubte es mir nicht, die vielen Zweifel meines Vorhabens aufkommen zu lassen und meine erst so frisch entstandene motivierte Überzeugung zu trüben.

Minuten vergingen und ich bewegte mich nicht. Ich saß

still auf der Bank, jederzeit vor Augen, dass außerhalb dieser, nur kurze Fußmärsche entfernte, Orte auf mich warteten, an denen ich dem Tod begegnet war.

Von Weitem, immer lauter werdende Stimmen erlaubten es mir nicht, mit den Gedanken in diese Augenblicke des Schreckens zurückzukehren.

Zwei Menschen, zunächst nur als Silhouetten erkennbar, kamen auf mich zu und als diese den Rand des Lichtkegels erreichten, erkannte ich in ihnen den Bürgermeister und seine Frau.

»Na, schau mal an, wen wir da haben!«, sagte er mit freudiger Stimmlage.

»Guten Abend.«

»Herr Wilson, richtig?«

Ich nickte.

»Was treiben Sie denn hier draußen noch zu so später Stunde, bei solcher Kälte?«

»Nun, ich …«

Er unterbrach mich, bevor ich mir eine Ausrede ausdenken konnte: »Sie warten bestimmt auf dieses Mädel da! Ja passen Sie bloß auf, Wilson, die hat es in sich! Aber Sie sind ja ein tougher Kerl, das sehe ich.«

Ich grinste, um ihn in seiner Vermutung zu unterstützen.

»Wollen Sie denn nicht langsam sich hier nach einer eigenen Unterkunft umschauen? Ich meine, Sie wohnen doch noch immer bei Elizabeth, richtig?«

Verwundert, dass er meine lange Abwesenheit nicht ansprach und sogar darüber hinaus so tat, als wäre ich nie weggewesen, sagte ich einfach, um mich auf der sicheren

Seite zu bewegen: »Ach wissen Sie, ich fühle mich wohl dort. Aber ich weiß Ihr Angebot zu schätzen.«

Ein breites Grinsen formte seine Lippen und er sagte: »Na dann. Eine schöne Nacht noch.«

»Wünsche ich Ihnen auch!«

Und dann verließen er und seine weibliche Begleitung den Schein der Laterne, verschwanden im schwarzen Nichts und ließen mich allein auf der Bank sitzen.

All die Extreme um mich herum in heuchlerischer Manier als meine einzigen Begleiter, wie sie es schon immer an diesem Ort gewesen waren.

Wissen ist das nächste Vergessen II

Es summte. Meine Lider bedeckten naturgemäß die Augen und hielten mich in meiner eigenen Dunkelheit gefangen.

Doch war da dieses Summen.

Ich malte mir allerlei aus.

Eine Lampe, die durch den falschen Spannungsgehalt eine Störung besaß. Eine Fliege, die in der Orientierungslosigkeit nach Licht suchte, wahrscheinlich sogar direkt auf diese Lampe zuflog und kurz davor war, durch die heiße Oberfläche auf schmelzende Art ihr Dasein zu beenden.

Meine einstigen Erinnerungen an das Licht auf unserer Veranda vermischten sich mit der vernünftigen Vorstellung, die eindeutig besagte, dass es keine Lampe sein konnte. Verwirrung machte sich breit. Die Augen aufgerissen befand ich mich an einem anderen Ort. Es war nicht die Umgebung, die ich vor Eintritt in den Schlaf vorfand. Oder doch?

Mit Schmerzen verbunden drehte ich den Kopf ein wenig seitlich und erkannte einen dicken Mann, welcher neben mir saß, vor sich hin summte und versuchte eine Zeitung im Licht der Laterne zu erleuchten, auch wenn sein dicker Hals immer wieder einen störenden Schatten warf.

Nicht lange dauerte es, bis er meine Lebenszeichen wahrnahm und zu mir rüberschielte.

»Wussten Sie eigentlich, dass sie mir so ein Ding in den Kopf gepflanzt haben?«

Aus einstiger Gleichgültigkeit, die bei meiner Ankunft die Stimmung beherrschte, wurde nun etwas Derartiges wie Vertrautheit.

Ich freute mich regelrecht, den Mann zu sehen, und fragte mit einer Neugier, als hätte ich von dieser Sache noch nie etwas gehört: »Ach echt? Hat es denn wehgetan?«

Sichtlich darüber erfreut, dass ich seine Intention zu einer Konversation erwiderte, faltete er seine Zeitung zusammen und schaute mich mit seinen kleinen Augen an.

»Ach, das hängt vom Tag ab. Aber es hilft mir, zu vergessen. Wussten Sie eigentlich, dass man öfter vergessen sollte?!«

»Das denke ich mir.«

»Nein, Sie verstehen nicht. Es ist sehr wichtig zu vergessen, sonst kommt man nicht vorwärts!«

Da er nun etwas sagte, das bei unserer ersten Begegnung nicht zur Sprache gekommen war, bewegte ich mich näher zu ihm, schlug ein Bein über das andere und gab ihm meine volle Aufmerksamkeit.

»Wir müssen vergessen, sonst wird das nichts. Die Leute fasten immer nur. Was aber gut für den Magen ist, ist eben das Vergessen gut für den Kopf.«

Die Wollmütze auf seinem Haupt rutschte ein wenig nach hinten und drohte runterzufallen. Ohne dass ihn das störte, sprach er weiter, mit jedem Wort einen höheren Grad der Ernsthaftigkeit und Lebendigkeit erreichend.

»Du siehst etwas, du erlebst etwas und auch wenn es vorbei ist, es ist immer noch da. Alles, was man nun sieht, steht ab dann damit in Verbindung.«

»Meinen Sie echt?«, fragte ich und war mehr als verwundert darüber, dass er nun so klare Sätze formulierte.

»Manchmal da müssen wir vergessen, um die Dinge klar zu sehen, um sie voll und ganz zu verstehen, alle ihre Seiten zu erfassen«, sprach er wild, sodass einzelne Tropfen Speichel, die wie Funken unter seinem Schnauzer hervorsprangen, das eingrenzende Licht der Straßenlaterne brachen.

»Wahrscheinlich haben Sie recht. Woher wissen Sie das?«

»Ich hatte mein Gedächtnis verloren. Alles war weg. Und nur Weniges konnte ich anschließend behalten. Es war wie mit einem löchrigen Brief und Bleistift, der immer wieder abbrach, wenn man versuchte, darauf etwas zu schreiben.«

Mit geneigtem Kopf schaute ich ihn an und fragte vorsichtig: »Dann wissen Sie auch nicht, dass wir uns schon mal getroffen haben, oder?«

Meine informativen Worte wurden von dem dicken Mann aufgenommen, als dieser aufstand und sich kurz von mir abwendete, bevor er sich wieder umdrehte.

»Nein, das weiß ich nicht. Auch wenn ich nun all die Scherben zusammensuchen muss, bin ich teils wirklich froh von den trübenden Erinnerungen weggekommen zu sein.«

Dann zeigte er mit dem Finger über meinen Kopf, sodass ich diesen neigte und direkt in das Licht der Laterne über mir blickte.

»Wüssten die Fliegen nicht, dass sie immer in einem gewissen Winkel zum Mond fliegen müssen, würden sie vielleicht nicht gegen die Lampe fliegen und noch leben«, erklärte er und zwinkerte mir mit seinem linken Auge zu.

Ohne meine Glieder weiter zu bewegen, blieb ich sitzen und fühlte, wie mir die Kraft fehlte, auf diese Analogie einzugehen.

»Hat mich gefreut, Sie mal wieder kennenzulernen«, sagte er und lief watschelnden Schrittes los, das Summen der Laterne und der Fliegen weiterhin über mir.

Einer dieser wenigen Chancen

Kalte Luft drang durch meine Atemwege und stieß auf die Wärme meines Körpers. Hinter einem Baum, der zu den sonnigen Tagen einen erholsamen Schatten spendete und sich dann fast über den ganzen, mit weißen kleinen Steinen belegten Platz ausbreitete, stand ich und beobachtete von sicherer Entfernung, wie nur wenige Lichter im Haus von Elizabeth die Fenster zum Glühen brachten.

Ehe ich mich versah und auf die Uhr spähte, die sich auf die letzte Runde des Tages vorbereitete, schwand das Licht im unteren Stockwerk und hüllte den Vorgarten in ein dunkles Gewand. Mir war klar, dass ich jetzt nur noch diesen einen Moment als Chance hatte und sonst die Nacht wieder auf einer Bank verbringen konnte. Doch wie auch bei meiner Flucht stand ich nur wie angewurzelt da und verzweifelte über meine Motivation, ein Lebenszeichen von mir zu zeigen. So sehr diese Situation, geprägt von der Verdrängung im Laufe der Zeit, nun mehr auf mir lastete, so sehr verlangte sie, dass ich mir ihr stellte.

Ich lief los. Ihr Haus erreicht, klopfte ich mit zittriger Hand an das weiß gestrichene Holz. Wenige Sekunden später war wieder Licht im Vorgarten und meine Figur nahm warme Konturen an.

Mit einem leichten Knarzen begleitet löste sich die Tür vom Rahmen und ich erkannte Elizabeth, die im Bademantel gekleidet ein Gesicht machte, das von der Überwältigung der Gefühle nicht mehr wusste, als einfach einen Ausdruck der Fassungslosigkeit aufzusetzen.

»Guten Abend«, murmelte ich.

»Liam ... aber ... was ... du bist wieder zurück!«

»Ja, das bin ich. Ich ...«

Sie unterbrach mich mit einer stürmischen Umarmung.

»Ich wusste, dass du eines Tages wieder zurückkommen würdest. Du bist ein anständiger Mensch und ich habe mich nicht geirrt.«

Mit einer labilen Stimmlage versuchte ich mich zu entschuldigen: »Es tut mir so leid, dass ich einfach so gegangen bin, ich konnte nicht anders. Es tut mir wirklich unheimlich leid!«

»Du hattest sicherlich deine Gründe. Nun komm aber schnell rein, es ist kalt.«

Zügig schloss sie hinter mir die Tür.

»Ich hoffe, ich habe dich nicht geweckt«, bemerkte ich und spürte, wie der angenehm vertraute Duft ihrer vier Wände meine Nase kitzelte.

»Nein, das ist schon o. k. Ich habe noch etwas gelesen.«

Und wie ich es von ihr gewohnt war, nahm sie mich in Empfang, als wäre ich ihr treuester Gast. Sie schenkte mir mit all ihrer Präsenz das Gefühl der Geborgenheit. Wir setzten uns gemeinsam an den Tisch, an dem wir viele Abende verbracht hatten, wo ich mit Speis und Trank versorgt worden war, und tranken zusammen einen Tee.

»Liz … du verdienst die Wahrheit. Ich werde dir erzählen, wieso ich einfach so verschwunden bin. Mein Gewissen frisst mich sonst innerlich auf, wenn ich es nicht tue.«

Und dann fing ich an, ihr all das Geschehen jener Nacht zu schildern. Jener Nacht, wo sie einst mich noch vor Marcia gewarnt hatte. Man sah ihr regelrecht an, wie sie im Augenblick, als sie in Erfahrung brachte, dass es sich bei Herrn Brenner und seiner Frau um keinen Selbstmord handelte, verkrampfte und sie versuchte dagegen anzukämpfen.

»Nun weißt du es. Hast du noch mal was von Marcia gehört?«, fragte ich anschließend.

Mit einer kleinen Träne begleitet antwortete sie: »Kaum. Doch jedes Mal, wenn ich sie sah … Liam, sie schien so glücklich. Ich hatte ja keine Ahnung, was das arme Mädchen durchmachte.«

»Dein Mitleid ist echt unendlich!«

»Nun, Liam, ein Mensch muss tief gebrochen sein, wenn er so etwas tut.«

Meine Hände umklammerten die warme Tasse und die Fingerspitzen lagen übereinander.

»Liz, das bleibt aber erst mal unter uns. Schließlich stecke ich da auch mit drin.«

Ein Nicken ihrerseits stoppte meine Sorgen.

Mir schien es jetzt als passende Gelegenheit, als richtige Chance, nun ohne weitere Fragen von Liz mich über den Standort von Marcia zu erkundigen.

Sie wischte sich mit dem Handrücken die Träne von der

erröteten Wange und antwortete entschlossen: »Sie wohnt noch hier. Sie arbeitet irgendwo am Hafen.«

Dann stand sie auf und brachte unsere Tassen in die Küche.

»Liam, freut mich wahnsinnig, dass du wieder da bist. Wie lange bleibst du eigentlich?«

»Mal schauen, wie lange ich brauche. Ich habe meinen momentanen Job gekündigt. War nichts Wichtiges.«

»Du bist schon ein Rebell, mein Lieber. Nutze deine Chance, wenn du hier bist und bringe alles ins Reine. Du kannst übrigens wieder dein Zimmer haben.«

Sie machte eine Schublade auf und holte einen Schlüssel heraus.

»Gute Nacht, dann«, sagte sie mit sanfter Stimme und überreichte mir den Schlüssel mit dem Anhänger, auf dessen Oberfläche eine Acht eingraviert war.

Schein, zum Selbstschutz erbaut

Mit einem noch lebenserhaltenden Abstand pumpte mein Herz Blut in die Venen. Ruhig und ohne mich nur im Geringsten zu bewegen, lag ich auf dem Bett und hielt meinen Blick fest auf das Fenster gerichtet. Eine graue Fläche, nichts weiter, ließ mich darüber grübeln, ob es regnen mochte. Das prasselnde Geräusch, das unterschwellig die Szenerie vertonte, war der Auslöser dieser Frage.

Stunden vergingen und ich streckte immer noch meine Glieder in alle Richtungen. Mein Körper wollte sich nicht bewegen. Er wusste genau, dass der Kopf ihn zu einer unangenehmen Situation führen würde. Denn von der ersten Minute an, die ich an meinem ersten Tag wach war, plante ich zu Marcia zu gehen.

Zur Mittagsstunde zwang mich schließlich der Harndrang und damit der Körper selbst, die weiche Fläche des Schutzes zu verlassen, und ich stand auf. Die Schuhe und eine Jacke waren anschließend schnell angezogen und so stand ich im nächsten Atemzug vor der Tür.

Die Sonne schien und von Regen fehlte jede Spur. Lediglich der Boden war etwas nass und von Weitem erkannte ich Liz, die mit einem Schlauch in der Hand diverse Flecken, der sonst rein weißen Fläche des Hofes entfernte. Wir nickten uns nur zu. Denn beide wussten wir, wohin ich nun gehen würde. Seitdem ich ihr erzählt hatte, dass Marcia diejenige gewesen war, die das Messer gezückt hatte, schien sie die Wut ihr gegenüber durch Mitleid eingetauscht zu haben. Was ich gegenüber Marcia fühlte, das wusste ich selbst nicht und schien mir weit entfernt davon, auf ein bestimmtes Gefühl festgelegt werden zu können.

Ich lief durch die vertrauten Straßen der nordischen Stadt, beobachtete vereinzelt Möwen, die auf den Reetdächern thronten, durchquerte den unspektakulären Marktplatz und erreichte schlussendlich die Schule.

In ihrem Bauwerk aus Beton erlaubte sie nicht zu zeigen, welch arme Seelen sie einst beherbergt hatte.

Schlussendlich erreichte ich den Hafen, ein Ort, an dem ich seltsamerweise noch nie gewesen war. Die Seite von Lienwoon blieb bis dahin immer unbeachtet. Er bot nicht viel. Ein kleines Hüttchen und ein paar Stege, an denen hier und da ein Segelboot angeleint war. Weit und breit war kein Mensch zu sehen. Doch ein paar weitere Schritte ermöglichten mir ein vertrautes Gesicht durch die kleine Scheibe des Häuschens zu erhaschen. Mein Herz pumpte wie verrückt, die Aufregung in jeder Ader spürbar. Ich klopfte gegen das morsche Holz. Die Tür öffnete sich und dann stand sie da.

Ihr schwarzes Haar flatterte wild umher und ihre großen Augen wie eh und je mit einer feuchten Schicht bedeckt blickten ohne Umschweife auf meine.

»Marcia …«, murmelte ich.

»Liam, du hier?«

»Das hättest du nicht gedacht, he?«

Sie umarmte mich und gab mir, als wir uns wieder voneinander lösten, einen Kuss auf die Backe.

»Aber was machst du denn hier?«, fragte sie anschließend und machte gestikulierend klar, dass ich reinkommen sollte. Ein leichter Geruch von Salz gemischt mit Fisch umhüllte mein Riechorgan und untermalte die Umgebung.

»Ich musste einfach wieder herkommen. Nach all dem was geschehen ist.«

»Nun, du bist ja auch einfach so abgehauen.«

»Ich musste weg, Abstand gewinnen.«

Sie seufzte, ließ sich in den Stuhl fallen und kommentierte: »Das kann ich nachvollziehen.«

»Wie geht es dir denn?«, fragte ich mit gewisser Vorsicht, da ich Angst hatte, die alten Themen zu sehr aufzureißen.

»Mir geht's ziemlich gut, ja, doch, ich kann nicht klagen. Putze hier den ganzen Dreck weg und spare Geld, damit ich hier raus kann.«

Wir lachten etwas, da die Vorstellung, dass ein zierliches Mädchen wie sie solch dreckiger Arbeit nachgehen musste, etwas komisch wirkte.

»Und du?«

Ich fuhr mir durch die Haare, die mir hauptsächlich im Gesicht hingen.

»Mir ergeht es ähnlich.«

»Wieso bist du dann zurück? Warum tust du dir diesen Scheiß hier an?«

»Nun, ein Freund hat mir die Augen geöffnet. Man darf nicht einfach alles stehen und liegen lassen, weißt du.«

Sie grinste und stand auf, als sie sagte: »Das hat dich damals ja nicht gestört.«

»Nun, wie ich sehe, bist du auch so gut zurecht gekommen.«

»Da könnte man sich mal fragen, wer von uns die Eier in der Hose hat, he?«

Ich sah beschämt nach unten, worauf sie lauthals anfing zu lachen.

»Jetzt sei doch nicht so eingeschnappt, war doch nur ein Scherz! Ich muss nun aber leider los. Du bist noch ne Weile hier? Immer noch bei Elizabeth? Ich besuch dich!«

Und bevor ich etwas sagen konnte, huschten ihre Lippen geschwind auf meine und sie verschwand aus der Hütte.

Angst zur Gewalt gewandelt

Lang und schwarz war jedes der acht Beine, die sich fast zeitgleich alle bewegten. Ich stand in der Ecke meines Zimmers und beobachtete, wie eine große Spinne die Wände entlangkrabbelte, auf der Suche nach einem geeigneten Platz oder – wie ich es mir einbildete – auf der Suche nach mir.

Der Abend wandelte sich bald zur Nacht und ich wollte schlafen, die Gedanken sammeln und mir im Klaren darüber werden, was ich mit Marcia machen sollte. Allerdings verhinderte die Arachnida geordnetes Denken und ließ eher meine infantile Angst über Spinnen walten, die mir nach mehreren Minuten gar zu lästig wurde. So beschloss ich einen meiner Schuhe auszuziehen und kräftigen Schrittes gepaart mit hohem Puls auf das Monster zuzugehen. Dieses wurde dann, so unschuldig es sein mochte, Opfer eines kurzen Gewaltausbruchs und ich klopfte mehrmals mit dem Schuh gegen die Wand, bis ich von einer Stimme hinter mir unterbrochen wurde: »Man sieht, du kommst auch gut zurecht.«

Marcia stand im Raum, die Tür von mir zuvor geöffnet,

in der Hoffnung, das Vieh würde mitsamt meiner Angst von alleine verschwinden.

»Tja, ich hasse diese Dinger. Kann nicht mit denen in einem Raum«, erklärte ich und versuchte den Schuh mit einem Taschentuch sauber zu machen.

Dann erschreckte ich mich enorm, als Marcia die Tür zuknallte und mich eindringlich musterte.

»Ist was?«

»Bist du gekommen, um mich zu verraten?«, fragte sie dann mit einem Ton, der so flach war, als würde sie versuchen, die Nervosität, die sie damit verband, zu verheimlichen.

»Was? Nein!«

»Mach mir nichts vor. Ich weiß es doch. Du bist der Einzige, der Bescheid weiß! Wieso solltest du sonst zurückgekommen sein? Um Urlaub zu machen? Erzähl mir nichts!«

Ich ging langsam auf sie zu und versuchte zu erklären: »Ich wollte dich einfach noch mal sehen, mit dir darüber reden. Die Dinge richtig abschließen.«

»Und mich nebenher an die Bullen verraten!«, fiel sie mir ins Wort.

Im lauten Ton verteidigte ich mich: »Nein, so ein Blödsinn!«

»Aber du hast mit diesem Gedanken gespielt, gib es zu!«

»Tss«, zischte ich.

»Gib es zu!«

»Natürlich habe ich das! Schließlich ist es nicht normal, dass man zwei Menschen tötet und einfach davonkommt!«

»Man beachte, diese Menschen waren schuldig!«, konterte sie und verschränkte die Arme.

»Das weißt du doch überhaupt nicht! Wir hatten nicht mal handfeste Beweise, nur Vermutungen.«

»Heißt das, du glaubst, dass mein Stellan einfach so vor den Zug gesprungen ist?! Ist es das, was du damit sagen willst?«

»Ich … ich weiß es nicht. Ich weiß gar nicht mehr, woran ich glauben soll. Nur so viel weiß ich, dass den Tod keiner von ihnen verdient hat! Und außerdem hatten wir diese Diskussion schon einmal.«

»Tja, keiner hat hier wohl seine Meinung geändert!«

Niedergeschlagen von dem Streit setzte ich mich aufs Bett. Gedanken über weiteres Vorgehen schotteten mich kurzweilig ab, weshalb ich nicht rechtzeitig reagierte, als Marcia sich auf mich stürzte und ihren Unterarm gegen meinen Hals drückte.

»Wenn du nur ein Wort sagst, dann werde ich dich töten, verstehst du?«

»Aber Marcia?!«, stammelte ich, betäubt von ihrer Drohung.

»Ich habe es geschafft, damit zu leben, und du wirst jetzt nicht kommen und mir das kaputt machen!«

Sie drückte immer fester zu, die Luft wurde weniger, die Sinne schwächer.

Mit viel Mühe presste ich die wenigen Worte aus mir heraus: »Ich werde nichts sagen. Versprochen!«

Weiterhin noch Druck ausübend fing sie an zu lächeln und ihr verführerischer Blick, den ich so an ihr liebte, stattete ihrem Gesicht einen Besuch ab. Dann küsste sie mich. Ihre Zunge drang tief in mich ein, sie ließ mich wieder atmen und streichelte wie verrückt mit ihren Händen meinen Kopf, fuhr mit den langen Fingern durch mein Haar.

Ich, der von der Angst ihr gegenüber wie gelähmt schien, ließ sie machen. Ich rührte mich nicht. Meine Beine leicht eingewinkelt lag ich da wie eine tote Spinne, der Kräfte sich zu wehren beraubt. Ich rührte mich auch nicht, als sie sich ihrer Kleider entledigte, mit ihren nackten Brüsten über meinen Körper streifte und der unbändigen Kraft ihrer Emotionen auf derbste Weise in sexueller Manier freien Lauf ließ.

Verzweiflung, dem Tode geweiht

Die Rolle aufgesetzt, den Film eingespannt, die Apparatur eingeschaltet begann es zu flimmern. Alles herum war dunkel, die Aufmerksamkeit auf die bewegten alten Super-8-Bilder meiner Gedankenwelt gerichtet, die einen intensiven Einblick in die Vergangenheit boten, der ich mein Leben lang begegnete.

Ich stand nur in kurzer Hose, mit weitem T-Shirt gekleidet, das im Wind aufgeregt Wellen an meinem dürren kindlichen Körper formte, am Rande der Straße und starrte hinab auf die leblose Hülle meines Hundes. Durch kleine Atemzüge erreichte mich der Sauerstoff, sonst blieb ich abgeschottet von allem Äußeren. Ich stand nur da, schrie innerlich und wartete darauf, dass jemand kam. Die Verzweiflung über diese Anomalie, schien unabwendbar.

Ruckartig riss ich die Augen auf. Meine Hände fuhren über meinen Körper. Sie spürten offene Nähte des zerrissenen blauen Hemdes, das in wenigen Fetzen noch an mir hing. Meine Hose fehlte ebenfalls. Die wilde Nacht endete im erleichternden Schlaf, weshalb ich nicht bemerkt hatte, wie Marcia, die ich noch vor dem Eintritt in den Schlaf neben mir fand, sich davonstahl und nun statt ihrer Anwesenheit nur ein kleiner Zettel auf der anderen Seite des Bettes lag. Als es mir auffiel, las ich ihn sorgfältig: *»Wo wir uns das erste Mal gesehen haben.«*

Da ich müde war, war mir die Ernsthaftigkeit zwar noch nicht bewusst, dennoch war ich reflexartig binnen eines kurzen Moments angezogen und stürmte aus der Tür.

Ich rannte über den hellen Platz und schaute mich nach dem Boot um, das auf der, von dem seichten Orange der Morgendämmerung, angestrahlten Oberfläche hin und her trieb und ab und an unter einem dumpfen Schlag gegen den Pfahl stieß.

Ohne mir jegliche Gedanken zu machen, ob dies mir zustand oder nicht, sprang ich hinein, löste das Seil, zog fest an der Schnur, startete den Motor und fuhr unter aufbrausendem Wasser aufs Meer hinaus. Eisiger Fahrtwind schlug gegen mein Gesicht, weckte jede einzelne Zelle auf und brachte mich auf die Ebene der vollsten Aufmerksamkeit. Äußerlich reagierte ich darauf nur mit einem Zittern.

Und tatsächlich. Als ich den Abschnitt unseres ersten Aufeinandertreffens erreichte, der einst noch von unzähligen toten Möwen bedeckt war, sah ich sie. Eine schwarze Gestalt, die in ruhiger Haltung auf dem Boden saß.

Schnell sprang ich vom Boot und stampfte zu ihr, die Schuhe durchnässt vom salzigen Wasser.

»Marcia!«, schrie ich.

Sie hob den Kopf und lächelte.

»Liam!«

»Mensch, Marcia, was machst du denn hier draußen?«

Langsam richtete sie sich auf, näherte sich mir in kurzen Schritten und schmiegte sich wieder dicht an mich. Dann streichelte sie mit ihren Fingerkuppen sanft über meine Backe.

»Du hattest recht. Das, was ich getan habe, war furchtbar und lässt sich nicht verzeihen.«

»Du hast nicht nachgedacht. Du hast aus dem Affekt gehandelt, Marcia.«

»Aber, Liam, ich habe zwei Menschen das Leben genommen. Ich habe sie getötet, einfach so.«

Mit dem letzten Wort küsste sie mich und flüsterte: »Du hast mir gezeigt, dass ich mir all die Zeit etwas vorgemacht habe. Ich dachte, ich wäre glücklich. Doch das war keine Freude. Nein! Gestern Nacht, da habe ich endlich wieder gespürt, was Leben bedeutet. Es bedeutet sich zu öffnen und den Dingen hinzugeben, nicht sich in seiner eigenen Verdrängung zu verstecken.«

Ihre Worte, so wahr in jeder Silbe, berührten auch mich zutiefst. Ich fühlte mit ihr, ich konnte nahezu jeden ihrer Gedanken nachempfinden. Dennoch spürte ich, dass ihr Grad an Verzweiflung weit über meinem lag.

Sie zog ein Messer aus ihrer Tasche.

»Siehst du, mit einem Messer habe ich sie aufgeschlitzt. Ihnen das Leben entnommen und jeglicher Zukunft beraubt.«

In ihrer Stimme lag ein Zittern, das die letzten Worte gar zu schlucken schien.

»Marcia, ich kann dich verstehen. Wir werden gemeinsam durch diese Zeit gehen und irgendwann wird der Punkt kommen, wo das Leben wieder einen Sinn hat«, sprach ich mit ruhigen Worten.

Marcia schüttelte den Kopf, ihr Haar folgte der Bewegung wie ein Schleier und ehe ich mich versah, streifte sie mit dem Messer ihren Hals. Blut quoll aus ihr heraus, floss über ihre Brust, durchnässte blitzschnell ihr Shirt. Sie schaute mich an. Ihre Augen, einstmals so stark und voller Ausdruckskraft, verloren ihren Glanz und wurden grau. Kleine Tränen liefen über ihr Gesicht und fielen zu Boden, gefolgt von Marcia selbst – in ihr die letzte Kraft des Lebens schwindend. Sie sackte ein, kippte nach vorne, nieder auf den mit Blut getränkten Sand.

Wild kreischten und schwirrten die Möwen über uns, das Meer rauschte in seiner Gewalt.

Und ich stand da, den Blick regungslos, das T-Shirt im Wind flatternd und wartete darauf, dass mich jemand aus dieser Situation befreite.

Es war einer dieser Momente.

Die paradoxe Kraft der Trauer

Als ich am Straßenrand stand und meinen toten Hund betrachtete, schien es mir gleich. Zwar pumpte mein Herz wie wild, aber wirkte ich gelähmt, meiner Bewegung beraubt. Ich verstand nicht, was da vor sich ging. Ich blieb regelrecht durch den Mantel meiner Infantilität geschützt. Ich hatte Angst, aber die Trauer fand zunächst keinen Anhaltspunkt. Und eben wegen dieser Unausgeglichenheit hinderte mich die Angst gepaart mit Hilflosigkeit vor weiteren Taten.

Viele Jahre später war dies nicht mehr der Fall. Nackt und ohne Schutz stand ich nun am Strand, wo ich mich schon mal solch einer Situation stellen musste, und wurde wieder gefesselt – diesmal dank des reifen Verstands nicht nur von Angst, sondern auch von Trauer.

Ich weinte. Die Nase verstopft, die Augen gerötet und das Gesicht von salzigen Schlieren bedeckt. Ich wusste genau, dass mich keiner holen würde und mir war klar, dass diesmal die Flucht aus der Situation sich als merklich schwerer darstellte, als sie es damals war. Damals stand ich in einem Meer toter Möwen, nun kreisten diese aufgeregt über mir und ich stand steif mit den Schuhen im roten, triefnassen Sand, die Haare Marcias mit ihren Spitzen berührend. Sie lag mit dem Gesicht nach unten, mit eingewinkelten Beinen, einen Arm halb ausgestreckt, den anderen von ihrem Körper bedeckt. Das Messer lag wenige Zentimeter neben ihr.

Sie war tot. Sie hatte sich umgebracht, sich das Leben genommen. Aus ihrem Schein und ihrer Angst wurde eine Verzweiflung, der sie nicht gewachsen und die dem Tode geweiht war.

Wegen der Angst gefangen, schien es mir unmöglich, eine Handlung zu vollziehen – jemanden zu benachrichtigen oder dergleichen. Naiverweise hoffte ich insgeheim immer noch darauf, dass jemand kommen würde und mich aus dem Loch zerrte. Dennoch passierte das nicht und so wurde ich Zeuge, wie die Trauer überwog und die Angst aus dem Fokus rückte.

Ich wusste nicht, was die Behörden sagen würden, was auf mich zukommen würde, aber das Mitleid, das ich mit Ihrem Tod verband, zwang mich dazu, wenige Schritte landeinwärts zu laufen und an einer Telefonzelle den Notruf zu wählen. Mit bebender Stimme schilderte ich ihnen die Situation und kehrte anschließend wieder zu Marcias leblosen Körper zurück.

Unter der Faltung meiner nassen Schuhe, die dabei etwas quietschten, ging ich in die Hocke und fuhr langsam mit der Hand durch ihr Haar. Die Tränen jederzeit mein Begleiter. Mit meinen Kuppen spürte ich etwas Kaltes und tastete danach. Die schwarzen, wilden Haare, die trotz ihres abgestorbenen Untergrunds immer noch in der Luft tänzelten, beiseitegeschoben, legten diese ein Stück einer, dem Hals angeschmiegten, Kette frei. An der Vorrichtung geöffnet, zog ich sie langsam nach oben. Es war ein Silberkettchen mit einer kleinen silbernen Möwe als Anhänger. Mit verchromter Oberfläche glänzte sie im immer stärker werdenden Licht der Morgenröte.

Dann hörte ich Sirenen, Autotüren zu knallen und schnelle Schritte. Das Resultat meines Muts war angekommen. Unter routinierter Bewegung warfen sie mir eine alte Filzdecke über die Schultern, führten mich ein paar Meter von Marcia weg und drehten sie um. Ich hörte sie nur Diverses murmeln, wie etwa wann der Todeszeitpunkt sei oder wohin sie gebracht werden würde. Kein Zeichen von Mitleid – nur die blanke Professionalität. Selbst bei der jungen Polizistin, die nebenbei meine Schultern von der Seite umklammerte, erkannte ich in ihrer spendenden Wärme nicht mehr als das jahrelange Training, was dahinterstand.

Wenige Augenblicke später kamen Männer mit einer Trage angerannt, hoben Marcia darauf und liefen im Anschluss bedachtsam an mir vorbei. So fing ich noch ein letztes Mal den Anblick ihrer leeren Hülle ein.

Ihre Haut, blass von Ableben, schimmerte regelrecht leicht rötlich von den wenigen Sonnenstrahlen des jungen Tages und verliehen ihr gar noch einen lebendigen Eindruck. Das Blut, das sich über ihre ganze Brust verteilt hatte, sah vielmehr aus wie ein schönes Kleid, das sie bestimmt bei einem Abschlussball getragen hätte. Mit geschlossenen

Augen sah sie so friedlich aus, wie noch nie zuvor.

Und danach war sie weg. Außer Sichtweite. In meinen Gedanken dennoch präsent.

Ich wurde zum Wagen geführt, drehte mich noch ein letztes Mal um, blinzelte in den Sonnenaufgang und hielt dabei fest die Kette in meinen Händen. Das Brummen des Motors, die sich immer schneller drehenden Räder bewegten mich fort. Fort vom Strand des Todes, fort vom Straßenrand meiner Kindheit.

Gebrochen treffen wir die Aussichtslosigkeit

Es juckte. Es juckte tierisch und er konnte sich nicht kratzen. Von der weißen dicken Schicht abgeschottet waren sie gefangen – die Wärme und der daraus entstandene Juckreiz. Liam kratzte nervös über den Gips und gab schon nach wenigen Minuten unter einem Stöhnen auf. Kein Entrinnen von diesem Jucken.

Enttäuscht nahm er seinen Gehstock und lief humpelnd aus der Tür. Der Boden unter ihm knirschte durch die aneinanderreibenden Steine und das Bein schmerzte. Die Sonne strahlte schwach durch die dichte Wolkendecke und gab der ganzen grauen Gegend einen Gelbstich. Mühsam lief er zur ersten Bank, die nahe dem Wasser, mit Sicht auf das ganze Meer hinaus, aufgestellt war.

Er war müde von den schlaflosen Nächten der letzten Tage und so kam er in einen Zustand des Dösens.

So lange, bis er von einer vertrauten Stimme geweckt wurde: »Hallo, mein Junge!«

Blitzartig drehte Liam seinen Kopf nach hinten und erfasste einen alten Mann, den er sofort als Gilbert identifizierte. Fest an den Stock geklammert stand er auf.

»Gilbert! Aber was machst du denn hier?«

Der alte Mann grinste herzlich und sie umarmten sich.

»Ich musste herkommen. Schön dich zu sehen, Liam.«

Darauffolgend setzten sich beide auf die Holzkonstruktion nieder und Liam sprach mit ruhigen Worten: »Ich nehme
an, du hast mein letztes Schreiben bekommen.«

»Das habe ich, ja. Du weißt gar nicht, wie sehr es mir
leidtut, Liam.«

»Ja, das tut es mir auch«, murmelte er und strich mit
dem Handrücken über seine rauen Backen, die mit unzähligen schwarzen Stoppeln versehen waren.

»Was hast du da gemacht? Davon weiß ich ja noch gar
nichts«, bemerkte Gilbert und zeigte auf den Gips, der den
kompletten Unterschenkel umhüllte.

»Ich habe mir das Bein gebrochen. Vor ein paar Tagen,
da …«

»Da ist er die Treppe bei mir runtergefallen. Das ist mir
auch schon mal passiert. Die ist aber auch sehr steil«, unterbrach ihn Liz, die von hinten angelaufen kam, sich vor die
beiden stellte und einen erholsamen Schatten spendete.

»Ich bin Elizabeth. Sind Sie ein Freund von Liam?«

Gilbert, der die alte Schule seiner Zeit genossen hatte,
stand auf, nahm den Hut ab, gab ihr die Hand und sagte
stürmisch: »Ja, das kann man so sagen. Ich bin Gilbert, ich
habe schon viel von Ihnen gehört, Elizabeth.«

Sie zog ihre Brauen nach oben und lachte.

»Ach echt? Ich hoffe nur Gutes!«

»Selbstverständlich«, entgegnete ihr der alte Mann.

»Bleiben Sie länger hier in Lienwoon?«

Er schaute um sich und blieb dann bei Liam hängen, der ihm mit seinem räudigen Erscheinungsbild zunickte.

»Ja, ja, das würde ich gerne. Ich habe gehört, Sie haben eine vorzügliche Pension.«

»Vorzüglich? Nun ja, wenn Sie das meinen. Ich habe noch ein Zimmer frei. Wenn Sie wollen?«

»Gerne!«

Beide älteren Personen grinsten zufrieden und auch Liam kam nicht herum, ein freundliches Gesicht aufzusetzen.

Am nächsten Tag, da beschloss Liam, so gut es mit seinem Bein ging, seinem Freund die besondere Stadt Lienwoon zu zeigen. Sie besuchten den Marktplatz, die Schule und landeten anschließend beim Wächter persönlich – dem Leuchtturm.

»Er ist noch viel schöner, als du ihn beschrieben hast«, kommentierte Gilbert und klopfte mit der Handfläche gegen den kühlen Stahlbeton.

»Man gewöhnt sich nie an ihn.«

»Schön ist es hier, wirklich eine prachtvolle Kulisse.«

Liam wendete sich ein wenig von ihm ab, humpelte zu einem kleinen Fels, der neben dem gestreiften Turm gar schon versteckt aus dem sandigen Boden ragte. Gilbert folgte ihm und sprach mit sanften Worten hinter seinem Rücken: »Ach, Liam, ich habe so ein schlechtes Gewissen. Ich habe dich wieder hierhergeschickt und du musstes erneut solche schlimmen Dinge erleben.«

»Nun, das kann man sich nicht aussuchen«, versuchte

der Junge zu erklären.

»Liam, du musst nach vorne blicken. Ich weiß, gebrochen treffen wir die Aussichtslosigkeit. Aber du musst wieder die Normalität erreichen!«

»Tss ... Normalität.«

»Ja genau das! Es ist eben nicht normal, dass so jemand wie du derart Schreckliches sehen muss.«

Dann drehte Liam sein Haupt, sodass er ihm direkt in die Augen schauen konnte.

»Was, Gilbert, was ist schon normal? So etwas existiert nicht!«

Auf seine letzten Worte folgend, zog er das silbrige Kettchen von Marcia aus der Tasche und legte es behutsam auf die steinige Oberfläche, die mehrere Risse erfahren hatte und drohte, den Stein auseinanderzubrechen.

Die Möwe lag nun sanft über diesen und spannte ihre Flügel, bereit bei Nacht im Licht des Leuchtturmes zu glänzen.

Distanz birgt meist Erkenntnis

Sie ließen sich beide, schier zeitgleich, auf eine Bank nieder. Beide saßen sie nicht weit von der Schule, in der Herr Brenner einst unterrichtet hatte. Doch war es immer noch weit genug, um seinen Blick auch woanders hinzuwenden.

»Erinnerst du dich noch daran, als du mir damals von Wilma erzählt hast?«, sprach der alte Mann.

»Ja.«

»So ehrlich warst du seitdem nie wieder.«

Liam drehte seinen Kopf zu ihm.

»Wirklich? Ich habe dir meine schlimmsten und intimsten Erlebnisse hier geschildert.«

»Ja, auf Papier, mit Adjektiven ausgeschmückt. Aber es jemanden ins Gesicht zu sagen, ist etwas ganz anderes.«

»Da magst du wohl recht haben, Gilbert.«

Es kehrte eine kurze Stille ein, die begleitet von dem wenigen Gezwitscher der Vögel, die noch nicht in den Süden geflogen waren, äußerst friedvoll daherkam.

Dann fragte Gilbert, ohne auch nur seinen Blick in Richtung Liam zu richten: »Hast du sie geliebt?«

»Marcia?«

»Ich meine, hast du wirklich was für sie empfunden, oder war es nur … wie sagt man, rein sexueller Natur?«

»Gilbert, du stellst ja Fragen!«

»Und du weichst aus!«

»Ja, das habe ich!«

»Was nun?«

»Geliebt! Ich habe Marcia geliebt.«

»Das ist …«

»Weißt du, ich war nicht wie diese Kinder da drüben. Ich war kein Kind, das jeden Morgen seinen Schulranzen gepackt hat und dann zur Schule gelaufen ist und dort seine Freunde getroffen hat. Ich war nur zu Hause, wurde von supertollen Lehrern unterrichtet. Marcia war nicht nur ein Mädchen, das ich geliebt habe, sie war auch meine erste richtige Freundin.«

Der junge Mann hob sein eingegipstes Bein vorsichtig über sein rechtes und holte eine Zigarette heraus.

»Ich weiß, du magst das nicht. Aber darf ich?«

»Wenn du schon so nett fragst. Ja, darfst du!«

Liam brachte die Spitze zum Glühen und zog daran.

»Willst du dich eigentlich wieder bei deinen Eltern melden?«

»Ich glaube, es ist besser, wenn der Kontakt weiterhin unberührt bleibt. Ich will nicht mehr in mein altes Leben zurück. Daheim war einfach alles so kaputt. Das mit der Schule, das mit Wilma und nicht zu vergessen meine Eltern.«

»Aber die Zeiten ändern sich.«

»Ich habe aber auch erkannt, dass meine Reaktion damals keineswegs eine kurzfristige affektive Sache war. Es ist jetzt ungefähr ein Jahr her, dass ich das letzte Mal am Tisch meiner Eltern saß. Ich brauche das nicht mehr, ich komme ohne sie besser zurecht und sie ebenso. Da bin ich mir sicher.«

»Ja, das ist oft so, die Distanz birgt meist Erkenntnis!«

»Wann schreibst du eigentlich mal was?«

»Ich und schreiben? Ach, das ist doch albern!«

Liam schaute ihm tief in die Augen.

»Wer schmeißt hier immer mit hoch literarischen Ausdrücken um sich? Ich glaube, du kannst das! Da bin ich mir sogar sehr sicher.«

Gilbert grinste breit und zuckte mit den Schultern.

»Na, vielleicht irgendwann mal.«

»Nein, was ist mit dem Manuskript deiner Frau? Wollte sie nicht, dass du es weiterschreibst?«

»Ich … ich … kann das doch nicht machen.«

»Ich glaube, du hast lange genug gewartet. Ich verstehe, dass man da erst eine gewisse Distanz braucht, aber die hast du eindeutig erlangt.«

»Das ist nett, dass du das sagst.«

Und dann ließen die beiden Herren mit einem zufriedenen Ausdruck ihre Blicke über die Straße schweifen, hinweg zu der Schule, entlang der einzelnen Bäume hinauf bis zu den Reetdächern.

Die Art elterliche Behutsamkeit

Nachdenklich fuhr er mit seinen Fingerkuppen über die Einkerbungen. Die Finger wanderten entlang eines *L* und sprangen danach zu einem *W* über. Porös und ein wenig scharfkantig fühlte es sich an. Mit gesenktem Kopf, die fettigen Haare baumelten vor den Augen, saß Liam auf dem Bett und strich über seinen Lederkoffer, den er zu packen versucht hatte. Dann klopfte es und Gilbert stand an der Tür und räusperte sich.

»Liam, wollen wir? Ich habe ehrlich gesagt großen Hunger.«

Die Augen des Jungen schielten zu ihm rüber.

»Du hast dich aber schick gemacht. Was ist das für eine Blume?«

»Ach, weißt du, das ist eine Nachbildung der Taglilie. Wunderschön! Aber sie blüht nur einen Tag.«

»Ich nehme an, das hebt sie ab von den anderen Blumen?«

»Gewiss. Man kann sie sogar noch zu dieser Jahreszeit halten.«

Neugierig betrachtete Liam den Schmuck Gilberts, während er sich sein Hemd zuknöpfte und beide anschließend den Raum verließen.

Elizabeth begrüßte den Alten und den Jungen strahlend und empfing sie mit ihrer gewohnten Art der Geborgenheit. Im ganzen Haus roch es nach Liams Lieblingsgericht, einem langsam garenden Braten, den Liz auch wenige Minuten später beiden stolz präsentierte. Sie hatte diesmal den Tisch weitaus feiner gedeckt als sonst. Eine hellblaue Tischdecke mit weißen Stoffservietten und fünf Kerzen verliehen eine festliche Atmosphäre.

»Nun, dann lass uns anstoßen. Auf diesen schönen Abend, der ja leider euer letzter ist!«, sagte sie und hob ihr Weinglas.

Nachdem die Gläser in klangvoller Melodie zusammen-stießen, fügte Gilbert hinzu: »Ja, das ist leider wahr. Aber ich bin mir sicher, nicht das letzte Mal hier gewesen zu sein. Wahrlich wunderschön hier.«

Liam lauschte und blieb weitgehend ruhig, schnitt behut-sam ein Stückchen von dem Braten ab und führte die Gabel in seinen Mund. Der Geschmack auf seiner Zunge ließ ihn kurz zusammenzucken.

»Ist etwas?«, fragte Liz.

»Es ist nur … er schmeckt so, wie er schmecken sollte.«

»Na, das hoffe ich doch. Wie soll er sonst schmecken?«

»Ich hab mein Leben lang einen trockenen Braten be-kommen. Liz, das ist der Wahnsinn, einfach unglaublich!«, betonte Liam und wirkte etwas benommen.

»Da muss ich ihm recht geben, das ist wirklich sehr gut«, kommentierte Gilbert.

Sie aßen alle weiter. Still genoss Liam jeden Bissen und fühlte sich in eine Zeit weit zurückversetzt, die vor alldem hier hätte stattfinden sollen.

»Was machen Sie eigentlich?«, fragte Liz ihren neuen Gast.

»Ich war Englischlehrer bis vor vier Jahren.«

»Wow, ein Lehrer. Das hatte ich auch mal versucht, nur zog mich das Familiengeschäft hierher.«

»Es war eine lange Zeit, aber im Nachhinein ein toller Beruf. Er formt einen ungemein.«

Liam lauschte weiter dem Gespräch, das so ruhige angenehme Töne anschlug und zu keiner Zeit drohte auszuschlagen und ihn weiterhin in tiefe Sphären seiner Gedanken brachte. Nach der Hauptspeise tischte Liz noch einen Kuchen auf, der in brauner Creme gehüllt darauf wartete, sein Inneres zu zeigen.

»Der schaut aus wie dein Koffer«, witzelte Gilbert und stieß Liam gegen den Arm, worauf dieser von der Tagträumerei wieder zurückkehrte und ein Lächeln zuließ.

Neugierig, wie ein kleines Kind, beobachtete er, wie Elizabeth vorsichtig mit dem Kuchenmesser gegen die Oberfläche drückte und mithilfe von kleinen Einkerbungen Markierungen für die gesamte Aufteilung vollzog.

»Auch hier mal wieder, wunderbar, Elizabeth! Da verstehe ich, wieso Liam so gerne zum Essen bei Ihnen war. Das ist die Art elterlicher Behutsamkeit, die sich jeder wünscht«, schwärmte Gilbert und schob sich eine gehäufte Gabel in den Mund.

»Du bist heute Abend so still, ist irgendetwas?!«, fragte

Liz und schaute etwas besorgt drein.

Liam entgegnete ihr: »Alles in Ordnung. Ich bin nur müde.«

Elizabeth, die so tat, als wüsste sie über das Ableben von Marcia nicht Bescheid, blieb höflich und hakte nicht weiter nach. Stattdessen stand sie kommentarlos auf und machte ihm einen Kaffee.

Und während Liam seine letzten Schlucke tätigte, schauten Gilbert und Elizabeth, beide durch die Fülle ihres Magens auch unter dem Schleier der Müdigkeit, dabei zu und wirkten mehr als zufrieden.

Am Ende des Abends, Gilbert stand schon in der eisigen Kälte der Nacht im Vorgarten, näherte sich Liam noch mal Elizabeth und schenkte ihr eine Umarmung.

»Danke! Danke für alles«, flüsterte er ihr ins Ohr. Sie gab ihm gepaart mit einer Träne auf der Wange einen Kuss auf die Backe.

Darauf lösten sich die beiden voneinander und gingen ihre, von der Natur vorgegebenen Wege.

So endet es!

Mit den Fingerspitzen umklammernd zog er den länglichen
Gegenstand heraus. Ein Stift. Kopfschüttelnd ließ ihn Liam
wieder zurück in die Brusttasche seines Hemdes rutschen
und holte eine Zigarette heraus. Dann rutschte sein Daumen
über das kleine Rädchen des Feuerzeugs. Aus einem Funken
entsprang die Flamme. Das zerfranste Ende seiner Zigarette
fing an zu glühen und leuchtete kurz auf. Der junge Mann
zog fest daran.

»So, jetzt ist es viel besser«, kommentierte Liam und
machte den Reißverschluss seiner dicken Daunenjacke zu.

»Was soll denn die dicke Jacke?«

»Na, mir ist kalt.«

»Unübersehbar.«

Liam klopfte gegen seine Arme und rieb diese an seinem
Körper hin und her.

»Eine echte Daunenjacke, gefüllt mit Möwenfedern! Die
halten besonders warm.«

»Wie ich sehe, hast du endlich daran gedacht!«, sagte
der alte Mann und sie liefen gemütlichen Schrittes weiter
Richtung Bahnhof.

Gilbert, sichtlich nervös, wusste, dass sie gleich dem Haus mit den alten Latten und dem kaputten Zaun begegnen würden. Doch stattdessen fanden sie nur einen leeren, kahlen Platz vor, der eine breite Sicht auf das dahinter liegende Stück Wald frei legte.

»Ha, schau mal an, was wir da haben.«

»Wurde auch langsam Zeit, dass sie es abreißen«, bemerkte Liam.

»Eigentlich ein wunderschöner Platz. Jetzt, wo auf die Fläche wieder Licht fällt.«

»Du hast recht. Es scheint überhaupt nicht mehr unheimlich.«

Und dann gingen sie weiter, liefen die schlangenartige Straße entlang, begleitet vom Klappern des alten Lederkoffers und kamen am Bahnhof an. Die Luft des taufrischen Morgens war leicht und schien unbeschwert.

»So endet es. Hättest du das gedacht?«, fragte Gilbert und setzte sich auf die Bank.

»Nein, wer hätte gedacht, dass es überhaupt endet?«

»Nun, alles findet mal sein Ende.«

Liam ließ sich neben ihm nieder und schlug ein Bein über das andere.

»Ich muss dir etwas sagen«, fing er an.

»Ich ebenso.«

»Darf ich anfangen?«

Gilbert nickte, hob aber dann den Finger.

»Oder schreib es doch auf?! Nein, Spaß, sprich ruhig, mein Lieber.«

»Sie ... du ... du warst mir wie ein Vater. Du hast mir

unheimlich geholfen in dieser Zeit. Ich weiß, das klingt jetzt wirklich wie ein Klischee, aber es ist wahr und ich wollte es dir einfach sagen.«

»Auch Klischees bringen einen weiter«, sagte der alte Mann, dessen Augen von Sekunde zu Sekunde feuchter wurden.

»Ich hoffe, auch du glaubst mir, wenn ich dir sage, dass du mir auch geholfen hast. Vom Tag an, wo ich deine Geschichte lesen durfte, fühlte ich mich wieder so lebendig. Nach dem Tod meiner Frau, da dachte ich, es sei vorbei.«

»Das Leben ist erst vorbei, wenn es vorbei ist. Wann wir sterben, bestimmen wir nicht selbst und sei es durch die eigene Hand.«

»Ja, das ist wahr. Mein Gott, manchmal da vergisst man, dass du erst einundzwanzig bist. Ich bin wirklich stolz auf dich. Und sieh uns jetzt an. Wieder einmal an einem Bahnhof. Wen man nicht alles so in einem Zug trifft und wohin einen das führen kann!«, sagte Gilbert und fuhr mit seiner alten, schwieligen Hand über das Haupt Liams.

Die beiden saßen noch eine Weile da und lauschten dem frühmorgendlichen Gesang der Vögel. Ab und zu stand Liam auf, um nach dem Zug Ausschau zu halten.

Als er das fünfte Mal aufstand, wanderte er besonders gedankenversunken entlang der Abstandsmarkierung hin und her, während Gilbert hingegen die Zeit über auf der Bank saß und in der Zeitung blätterte.

Weit oben auf dem blauen Schild von Lienwoon saß eine Möwe. Sie putzte sich mit ihrem Schnabel die weißen, unbefleckten Federn, ehe sie im Sturzflug über den Bahnhof glitt und das dunkle Haar des jungen Liam streifte, worauf dieser mit seinen Armen umherfuchtelte, dank des Gips unter der mangelnden Kontrolle seiner Bewegung zu stolpern begann und niederfiel.

Im gleichen Atemzug erschreckte sich der alte Mann, als die Rückseite seiner Zeitung mit diversen roten Spritzern übersät wurde und viele einzelne blutbefleckte Federn, aufgewirbelt von den kalten Windzügen eines einfahrenden Zuges durch die Luft tanzten.

Nachwort des Autors

Nachdem ich mich bisher immer nur an Texte gewagt habe, die eine gewisse Leichtigkeit mit sich brachten, war es für mich an der Zeit, den Schritt in ernstere Welten zu wagen, in denen nicht immer alles gut und noch im Rahmen des Ertragbaren ist. In denen auch mal Blut und Tränen fließen und Verzweiflung dominiert.

Zugegenebermaßen war es keine leichte Arbeit. Man fühlt mit, wenn man mit Worten seine Figuren in den Tod schickt. Man fühlt mit, wenn sie am Rande der Verzweiflung stehen. Und gerade deshalb war das Schreiben an diesem Roman eine Reise voller Emotionen, die – und das mag nun in diesem Kontext etwas komisch klingen – wirklich Spaß gemacht hat.

Doch was ist das jetzt hier? Ein Thriller? Ein Drama? Ich bevorzuge die Bezeichnung Psycho-Drama – sofern es das gibt. Schließlich sind Elemente von beiden Genres enthalten. Ein Thriller braucht mehr Spannungsbögen, deren Platz hier nun die Beschreibung der Emotionen eingenommen hat.

Über den Prozess hinweg, der sich mit kreativen Pausen über ein halbes Jahr lang erstreckte, war ich vielen Einflüssen und Inspirationen ausgesetzt. Sei es durch Literatur, Film oder wahren Begebenheiten. Da muss man sich schon zügeln und aufpassen, nicht zu stark vom Pfad der ursprünglichen Idee abzukommen. Doch welche bewussten als auch unbewussten intertextuellen und intermedialen Bezüge sich hier finden, das darf jeder selbst herausfinden!

Was den Schauplatz des Geschehens anging, bestanden eigentlich keine Zweifel. Die Nordsee und generell der Norden bietet ja schon immer in der Literatur die Kulisse für düstere Szenarien. Wenig Sonne und starke Kälte sind optimale Bedingungen für Tod und Verzweiflung.

Doch mir war es nicht danach, nur die Extreme des Leidens, die ein Mensch erfahren kann, darzustellen. Ich wollte Fragen aufwerfen. Fragen, denen sich nicht nur die Figuren der Geschichte, sondern auch die Leser stellen müssen. Was ist normal? Was ist richtig? Wann darf man aufgeben? Und vor allem kennen wir unsere wahren Absichten oder folgen wir nur einer eingebildeten Farce, die zum Selbstschutz erbaut wurde?

Ich möchte zum Nachdenken anregen. Jedes Kapitel hat bewusst nur wenige Seiten und ist mit einer zunächst vielleicht nicht ganz schlüssig erscheinenden Überschrift versehen. Jedes Kapitel stellt ein ganz bestimmtes Thema dar. Man muss nur ein wenig reflektieren.

Und zum Schluss möchte ich jedem danken, der sich auf die Reise nach Lienwoon begeben hat. Der all die Höhen und Tiefen miterlebt hat.

Ich möchte mich auch bei den Menschen bedanken, die während der Entstehung des Romans immer mein Gerede darüber ertragen mussten und denen ich mit diversen Ausschnitten und möglichen Titelbildern hoffentlich nicht schon im Voraus die Lust an diesem Werk genommen habe.

Danke.

Maximilian P. Hirt